Mirjam Pressler

Wundertütentage

Mirjam Pressler

Wundertütentage

Roman für Kinder

BELTZ
& Gelberg

Mirjam Pressler, geboren 1940 in Darmstadt, besuchte die Hochschule für Bildende Künste in Frankfurt und lebt heute als freie Schriftstellerin und Übersetzerin in der Nähe von München. Im Programm Beltz & Gelberg erschienen von ihr bisher folgende Kinder- und Jugendbücher: *Bitterschokolade, Kratzer im Lack, Nun red doch endlich, Novemberkatzen* (1986 verfilmt von Sigrun Koeppe), *Zeit am Stil, Katharina und so weiter, Nickel Vogelpfeifer, Wenn das Glück kommt, muss man ihm einen Stuhl hinstellen* (Deutscher Jugendliteraturpreis), *Geschichten für Jessi, Neues von Jessi, Sieben und eine Hex, Malka Mai* (Deutscher Bücherpreis), *Für Isabel war es Liebe, Die Zeit der schlafenden Hunde* und zuletzt das Bilderbuch (mit Bildern von Helga Bansch) *Guten Morgen, gute Nacht* sowie in der Reihe Biographie *Ich sehne mich so. Die Lebensgeschichte der Anne Frank.* Zu Mirjam Pressler und ihrem Werk erschien auch das *Werkstattbuch Mirjam Pressler.*
Die Bücher von Mirjam Pressler wurden zahlreich ausgezeichnet, für ihr Gesamtwerk wurde sie mit dem Volkacher Taler und der Carl-Zuckmayer-Medaille ausgezeichnet, für ihr Gesamtwerk als Übersetzerin mit dem Sonderpreis des Deutschen Jugendliteraturpreises und dem Deutschen Bücherpreis.

www.beltz.de

Lektorat: Frank Griesheimer
Neue Rechtschreibung
Einbandillustration: Henriette Sanrant
Einbandtypografie: rgb, Hamburg
Gesamtherstellung
Druckhaus Beltz, 69494 Hemsbach
Printed in Germany
ISBN 3 407 79893 8
1 2 3 4 5 09 08 07 06 05

1. Alles neu oder Samuel verliert das Gleichgewicht

Samuel breitet die Arme aus und lässt sich vom Wind tragen. Die Luft ist weich und warm und angenehm. Unter sich sieht er die Stadt, den Fluss, seine Schule, den Nordpark und davor das Haus, in dem er wohnt. Pauline beugt sich aus dem Fenster und winkt ihm zu. Weit beugt sie sich vor, viel zu weit. »Pass auf!«, schreit Samuel. Und sie schreit zurück: »Pass selber auf, Klugscheißer.« Aber da ist es schon passiert. Samuel verliert das Gleichgewicht, er fällt und fällt und landet sanft auf dem Bauch. In seinem Bett.

Vom Fliegen träumt er am liebsten. Und wie immer hält er den Traum für ein gutes Zeichen und denkt: Das wird ein schöner Tag. Aber als er sich umdreht, weiß er, dass sein Traum ihn getäuscht hat. Er sieht die kahlen Wände mit den verblassten hellen Flecken an den Stellen, wo bis gestern noch seine Lieblingszeichnungen hingen, er sieht die leeren Regalfächer, die herumstehenden Kartons. Von wegen schöner Tag. Heute ist ein absolut schrecklicher Tag.

Sie ziehen um. Der Traum vom Fliegen war ein Abschiedsgeschenk seines Zimmers, sonst nichts.

»Du bist ja mal wieder so amüsant wie eine Sumpfschildkröte«, sagt Pauline beim Frühstück.

Samuel zieht die Schultern hoch. »Wer kann schon amüsant sein, wenn er in einem Lagerschuppen aufwacht«, sagt er. »Gib mal die Milch rüber.«

»Wie heißt das Zauberwort?«, sagt seine Mutter automatisch.

»Dalli-dalli.« Aber diesmal lacht niemand über seinen Witz.

Der Vater legt einen dicken, schwarzen Stift neben seinen Teller. »Hier, Sami, du musst deine Kartons noch beschriften. Mit Namen, damit die Möbelpacker wissen, in welches Zimmer das Zeug kommt.«

Das ist eine traurige Arbeit. Im Moment wohl die traurigste Arbeit, die er sich vorstellen kann. Samuel/Bücher. Samuel/Sammlungen. Samuel/Wintersachen. Samuel/Sommersachen. Und so weiter und so weiter.

Später steht er am Fenster. Der Blick ist ihm so vertraut wie sein linker Daumen, den er sich vorhin, beim Aufeinanderstellen der Kartons, eingeklemmt hat und der ihm immer noch wehtut. Es wird auch nicht besser, als er ihn in den Mund steckt und ein bisschen daran herumnuckelt. Hinter seinem Rücken türmen sich die ordentlich beschrifteten Kartons. Er braucht sich nicht umzudrehen, um zu wissen, wie kahl und hässlich das Zimmer aussieht, das sein Leben lang seines gewesen ist, leere Regalbretter, eine nackte Kommode, ein Schreibtisch mit einer zerkratzten, fleckigen Platte.

»Die muss man unbedingt abschleifen«, hat sein Vater gestern Abend gesagt, als er sie betrachtet hat. »Du hättest ruhig früher mal Bescheid sagen können.«

»Du hättest sie dir ruhig früher mal anschauen können«, hat seine Mutter gesagt.

Früher hat man das doch überhaupt nicht gesehen, weil immer so viele Sachen draufgelegen haben, hat Samuel gedacht, aber gesagt hat er lieber nichts. Die Stimmung war nicht danach. Samuel weiß schon lange, dass es Momente gibt, in denen man besser den Mund hält.

Ein großes, altes, knallrotes Auto biegt um die Ecke und hält gegenüber, auf der anderen Straßenseite. Samuel schaut zu, wie Anna aussteigt und die Straße überquert. Ihre grauen Haare leuchten in der Sonne wie feiner Silberdraht. Sie ist gekommen, um ihn abzuholen. Er wird bis Samstag bei ihr und Carlotta bleiben. »Ich will nicht, dass du mir beim Umzug ständig vor den Füßen herumläufst«, hat seine Mutter gesagt. »Bei Anna bist du besser aufgehoben und Papa und ich können in Ruhe alles erledigen.«

Pauline bleibt nur heute zu Hause. Wenn die Möbelpacker weg sind, wird sie zu ihrer Freundin Hilka fahren und auch erst am Samstag in das neue Haus kommen, genau wie Samuel. Das hat sie schon mit Hilka ausgemacht. Die Mutter hat nur genickt. »Einverstanden, du musst ja auch in die Schule gehen. Bei Sami macht es nichts, wenn er mal drei Tage fehlt.«

Pauline hat einen Flunsch gezogen und mit den Schultern gezuckt, und Samuel wusste, dass sie am liebsten etwas über den kleinen Klugscheißer gesagt hätte. Aber auch sie weiß, wann man besser den Mund hält, natürlich weiß sie das.

Samuels Blick wandert hinüber zu den Bäumen. Er betrachtet sie, wie er sie schon so oft betrachtet hat, bei jedem Wetter, zu jeder Tageszeit. Auf der anderen Straßenseite, direkt am Parkrand, stehen die drei Kastanien mit ihren Fingerblättern. Sie haben schon klebrige Knospen angesetzt. Jedes Jahr hat er auf die Kerzenblüten gewartet. Weihnachtsbäume im Mai. Aber diesmal wird er sie nicht mehr sehen. Hinter der rechten Kastanie steht der Ahornbaum. Im Herbst hat er ihn am liebsten, wenn die großen Blätter erst rot und dann gelb werden. Außerdem erinnert er sich jedes Mal, wenn er ihn betrachtet, an den Kleinen Puppenräuber, den er im letzten Sommer unter dem Baum gefunden hat, einen Tag vor seinem Geburtstag. Ein schöner, breiter, goldgrün glänzender Käfer, knapp zwei Zentimeter lang. Er lag auf einem Moospolster direkt neben dem Stamm. Als hätte ihn jemand extra für ihn hingelegt. Wie ein Geschenk vom Ahornbaum persönlich. Samuel hat ihn vorsichtig und mit andächtigen Gefühlen hinaufgetragen. Und seine Mutter hat ihn in Goldpapier gewickelt und am nächsten Tag auf seinen Geburtstagstisch gelegt.

Ein paar Meter weiter stehen die beiden Birken. Die mag er besonders gern im Frühjahr, wenn sie ihre ersten Blätter bekommen. Ihr helles Grün ist so hübsch, dass er sich immer wieder wundert, warum man diese Farbe nicht nach der Birke benannt hat. Er hat nachgeschlagen, Birkengrün gibt es nicht, nur Lindgrün und Tannengrün.

Zwischen den Bäumen blühen noch Forsythien. Gelbe Flecken im Grün. Das alles wird er nie mehr sehen. Auch nicht die Vögel, die ihre Nester in den Bäumen haben. Diese Nester sind gut versteckt, aber Samuel weiß, dass sie da sind. Im Herbst, wenn das Laub abfällt, werden sie wieder zum Vorschein kommen. Außerdem hat er manchmal Eierschalen unter den Bäumen gefunden, kleine, grünliche oder blaugraue Reste von Vogeleiern, mit braunen Sprenkeln und gezackten Bruchrändern. Er wird das alles vermissen, das weiß er jetzt schon. In Zukunft gibt es nur noch diese schreckliche, baumlose Siedlung am Stadtrand. Reihenhäuser, die alle gleich aussehen. Ein Haus wie das andere. Ein Zaun wie der andere. Ein Garten wie der andere. Wenn man so etwas überhaupt Garten nennen kann.

Er hört, wie die Tür hinter ihm aufgeht, dreht sich aber nicht um. Die Tür knarrt. Sein Vater hat schon lange vorgehabt, die Scharniere zu ölen, und es immer wieder verschoben. Doch jetzt ist es sowieso egal. Sollen sich doch die Nachmieter darum kümmern.

»Samuel«, sagt eine Stimme. Es ist Anna. Sie ist eine kräftige Frau und ihre Stimme ist laut und warm wie die eines Mannes. Auch ihre Schritte sind laut. Sie legt den Arm um seine Schulter. »Komm, Sami, wir fahren jetzt. Bevor der Möbelwagen kommt.«

Er reagiert nicht, obwohl Anna nicht schuld ist. Natürlich nicht. Der Umzug ist nicht ihre Idee gewesen. Es war die Idee seiner Eltern, die schon lange fanden, die Wohnung sei zu klein. Seit er sich erinnern kann, haben sie davon geredet, dass sie ein Haus wollen. So wie man über schlechtes Wetter redet und sagt: Hoffentlich scheint bald wieder die Sonne. So lange haben sie davon gesprochen, dass Samuel es gar nicht ernst genommen hat. Das war ein Fehler. »Dass das Haus so nahe bei der Praxis von Doktor Burger ist und nicht sehr weit vom Baumarkt, ist ein Glücksfall«, hat die Mutter gesagt. Glücksfall, denkt Samuel jetzt. Was sie Glück nennen!

Beim Abschied verhält er sich betont kühl, aber seiner

Mutter macht das nichts aus. Vielleicht merkt sie es ja gar nicht vor lauter Stress und Hin-und-Her-Laufen und Kontrollieren, ob auch alles fertig ist und ob Pauline das Frühstücksgeschirr ordentlich abgespült hat, bevor sie es einpackt.

»Pass gut auf meinen Sohn auf«, sagt sie zu Anna.

Die lacht ihr lautes, warmes Lachen und sagt: »Ich habe dich ohne nennenswerte Katastrophen großgekriegt, da werde ich wohl noch drei Tage auf meinen Enkel aufpassen können.«

Die Mutter umarmt Samuel, drückt ihn fest an sich und sagt: »Bis Samstag, mein Schatz. Und lass dich nicht so hängen. Du wirst schon sehen, es wird alles nicht so schlimm.«

Pauline taucht mit rotem Kopf aus einem Karton auf und sagt: »He, Kleiner, mach nicht so ein Gesicht! Manchmal ist ein Neubeginn wie eine Wundertüte. Man weiß nicht, was drin ist. Tschau und gib Carlotta einen Kuss von mir.«

Und sein Vater fährt ihm durch die Haare, wie immer, und sagt: »Lass es dir gut gehen und sei brav.«

Als ob Samuel je etwas anderes gewesen wäre als brav.

Unten, neben dem Auto, bleibt er stehen und wirft einen letzten Blick auf das Haus. Es ist, als würde man sich von einem Menschen verabschieden, denkt er. Bisher ist es ihm nie aufgefallen, dass »zu Hause« tatsächlich etwas mit einem

Haus aus Steinen und einem Dach darüber zu tun hat. Mit Türen, durch die man hinein- und hinausgehen kann. Und mit Fenstern.

Das Fenster seines Zimmers im ersten Stock sieht nackt und verlassen aus ohne die Vorhänge und ohne den großen Kranich, der seit bald einem Jahr auf seiner Fensterbank gestanden und ihn begrüßt hat, wenn er nach Hause kam. Ein Geburtstagsgeschenk von Pauline, die ihn aus Blechmüll und Draht zusammengelötet hat. Eigentlich sieht man ihm nicht wirklich an, dass er ein Kranich ist. Er hätte genauso gut ein Storch oder ein Reiher sein können. Aber Pauline hat gesagt, er sei ein Kranich, also ist er einer. Samuel hat ihn gestern Abend besonders sorgfältig in mehrere Handtücher gewickelt und oben auf den Karton mit Büchern gepackt. Er ist zwar aus Metall, aber wegen der dünnen Beine und des langen Schnabels nicht sehr stabil.

Im zweiten Stock macht Herr Hasse das Fenster auf und winkt ihm zu. Sie haben sich alle vier schon gestern von den Hasses verabschiedet, und trotzdem schreit er jetzt noch einmal: »Auf Wiedersehen, Samuel!« Wie immer viel zu laut, weil er schwerhörig ist. Und seine Frau, die auch nicht viel größer ist als er, aber nur halb so dick und mit mehr Haaren auf dem Kopf, schiebt ihn zur Seite, beugt sich vor und ruft: »Viel Glück, Samuel. Vielleicht besuchst du uns ja mal. Wir würden uns freuen.«

»Vielleicht«, ruft Samuel und senkt schnell den Kopf. Er kann sich gut vorstellen, dass er sie wirklich einmal besucht. Und nicht nur deshalb, weil Frau Hasse ihm öfter mal einen Schokoriegel oder eine Tüte Karamellbonbons zugesteckt hat. Auch die Hasses kennt er, seit er sich erinnern kann. Genau wie das Haus.

»Schon ein bisschen traurig, so ein Abschied, nicht wahr?«, sagt Anna und macht den Kofferraumdeckel auf.

Er gibt ihr keine Antwort. Was hätte er auch sagen können, außer ja. Anna nimmt ihm den Rucksack aus der Hand und legt ihn in den Kofferraum. Als sie den Deckel zuschlägt, zuckt Samuel zusammen. Der Knall hat ihm so wehgetan in den Ohren, dass er fast heulen möchte. Aber vielleicht liegt das nicht nur an dem Knall.

2. Bei Anna und Carlotta oder Und jedem Anfang wohnt ein Zauber inne

Anna singt laut beim Autofahren. Sonst findet Samuel das schön, aber heute stört es ihn. Sie singt zu laut und sie singt falsch. Doch das scheint sie selber nicht zu hören, und Samuel hat keine Lust, es ihr zu sagen. Er möchte sie auf keinen Fall kränken. Er drückt sich in die Ecke, lässt sich tiefer in den Gurt sinken und macht die Augen zu. »Wann darf ich endlich mal vorn sitzen?«, fragt er.

Eine überflüssige Frage. Vielleicht stellt er sie ja auch nur, damit Anna aufhört zu singen und weil ihm im Moment nichts anderes einfällt.

»Das dauert mindestens noch zwei Jahre«, sagt Anna, »das weißt du doch. Hör mal, du bist heute wirklich besonders schlecht gelaunt.«

»Kein Wunder«, sagt er und macht die Augen wieder auf. Sie haben die Stadt hinter sich gelassen und fahren jetzt ein Stück auf der Landstraße, um den Autobahnring mit seinen ewigen Staus zu umgehen. Auf einer Wiese grasen ein paar Kühe. Eine von ihnen hat ein Kalb, das auf staksigen Beinen zum Zaun gelaufen kommt, als wolle es sich die vorbeifahrenden Autos genauer anschauen. Samuel kann nicht erkennen, welche Kuh die Mutter ist, sie sehen alle gleich aus. Schwarz-weiß gescheckt.

»Bist du als Kind eigentlich auch mal umgezogen?«, fragt er, als sie auf der Autobahn sind.

Anna lacht. »Dauernd. Meine Mutter hat es nirgendwo lange ausgehalten. Nach zwei, drei Jahren hatte sie sich mit allen Nachbarn verkracht und brauchte dringend eine neue Wohnung.«

»War das nicht furchtbar für euch?«

Samuel sieht, wie Annas Haare sich wie silberne Wellen bewegen, als sie den Kopf schüttelt. »Nein, wir waren daran gewöhnt, mein Bruder und ich. Nur mein Vater hat sich aufgeregt. Aber er hat nachgegeben, wie immer, wenn sich meine Mutter etwas in den Kopf gesetzt hatte.«

»Bei uns ist es genau umgekehrt«, sagt Samuel. »Da gibt immer Mama nach, wenn Papa sich etwas in den Kopf gesetzt hat.«

»Ja, leider«, sagt Anna. Danach schweigt sie, aber sie fängt auch nicht mehr an zu singen.

Samuel macht die Augen wieder zu und überlegt, was Anna mit dem »leider« gemeint hat. Den Streit darum, dass Mama studieren möchte, oder noch etwas ganz anderes? Aber daran will er nicht denken. Deshalb versucht er, sich

Anna als Kind vorzustellen, mit schwarzen Haaren und einer etwas zu großen Nase, wie auf den alten Fotos, die sie ihm manchmal zeigt. Sie hat ein dunkles, kariertes Kleid an, vorn geknöpft und mit einem runden weißen Kragen, und beschriftet Umzugskartons. Anna/Bücher, Anna/Wintersachen, Anna/Sommersachen und so weiter und so weiter.

Er muss eingeschlafen sein, denn auf einmal sind sie da. Anna reißt die Autotür auf. »Aussteigen.« Sie hält ihm seinen Rucksack hin.

Aus der Drogerie im Nachbarhaus kommt Herr Meister und ruft laut: »Guten Tag, Frau Doktor. Guten Tag, Samuel.« Er lacht und zupft sich an seinem Bart, der immer grauer wird, wie Samuel plötzlich auffällt.

»Wie geht's Ihrer Frau heute?«, fragt Anna.

Herr Meister lacht. »Danke der Nachfrage, schon viel besser. Sie hat zum Mittagessen ein ganzes Schnitzel verputzt.«

Samuel folgt Anna ins Haus. Im Erdgeschoss hat sie ihre Praxis. *Dr. med. Anna Ball, Internistin,* steht auf dem Schild neben der Tür. Und wann sie Sprechstunden hat. Mittwochs hat sie frei, deshalb konnte sie ihn auch holen.

Samuel mag dieses dunkel getäfelte Treppenhaus mit den breiten Stufen und dem geschnitzten Geländer. In den Lauf sind in regelmäßigen Abständen gelbe Messingknöpfe eingesetzt, glänzend wie die Knöpfe auf den alten Uniformen im Völkerkundemuseum. Früher hat Samuel gemeint, die Knöpfe seien dazu da, dass die Leute sich beim Treppensteigen besser festhalten können, weil der Lauf so glatt poliert ist. Aber Anna hat gesagt, die Knöpfe sollen die Kinder vom Runterrutschen abhalten.

Carlotta ist zu Hause. Rund und rotblond und sommersprossig steht sie da, in einem grellgrünen Kleid und mit Glitzerketten. Samuel lässt seinen Rucksack fallen, wirft sich in ihre ausgebreiteten Arme und legt das Gesicht in die weiche Kuhle zwischen ihrem Hals und der Schulter. Sie riecht gut, nach irgendetwas Süßem, Geheimnisvollem. Sie hebt ihn hoch und dreht sich mit ihm im Kreis, als wäre er noch ein kleines Kind, bevor sie ihn mitten auf den Mund küsst und zurückrutschen lässt auf den Boden.

»Wieso bist du jetzt zu Hause?«, fragt er und hebt seinen Rucksack wieder auf.

Sie lacht. »Ich muss heute nicht in die Klinik, ich hatte gestern und vorgestern Bereitschaftsdienst. Ach, ist das schön, dass du da bist. Ich habe für heute Abend einen Tisch bei deinem Lieblingsitaliener bestellt und dein Bett habe ich auch schon bezogen. Mit der Tigerente.«

Samuel fährt sich unauffällig mit dem Ärmel über die Lippen. Er mag Küsse auf den Mund eigentlich nicht besonders. Aber bei Carlotta ist es etwas anderes.

Später legt er sich mit dem neuen Buch, das er wie immer auf seinem Kopfkissen gefunden hat, auf das Sofa und fängt an zu lesen. Das Buch heißt *Heimatlos* und ist ein Klassiker, hat Anna gesagt. »Deine Mutter hat es geliebt, als sie so alt war wie du.« Anna arbeitet an ihrem Schreibtisch, Carlotta setzt sich an den Flügel und spielt.

Das Buch gefällt Samuel. Er nimmt sich einen Schokoladenkeks aus der Packung und schaut zu Carlotta hinüber. Ihre Ohrringe bewegen sich mit ihrem Kopf und glitzern in der Sonne, die durch das offene Fenster fällt, auch ihre roten Haare glitzern. Wie schön sie ist, denkt er. Bestimmt gibt es niemanden auf der Welt, der sich nicht gern von ihr küssen ließe. Und laut sagt er: »Ich würde am liebsten immer bei euch bleiben. Hier ist es gemütlich, und ihr schreit euch nie an, weil ihr streitet.«

Anna hebt den Kopf von ihren Papieren. »Man kann auch anders streiten«, sagt sie. »Und leiser ist nicht unbedingt besser. Glaub ja nicht, dass wir immer einer Meinung sind. Das ist auch wichtig, ohne Streit gibt es selten eine Veränderung.«

»Ich bin aber gar nicht scharf auf Veränderungen«, sagt Samuel. »Von mir aus hätte alles so bleiben sollen, wie es war. Ich fand die Wohnung auch nicht zu klein.«

»Vielleicht wird ja alles viel besser, als du jetzt denkst«, sagt Anna. »Aller Anfang ist schwer, so ist es nun mal.«

Carlotta lässt die Melodie ausklingen, dann nimmt sie die

Hände von den Tasten, bewegt die Finger in der Luft, als würde sie noch immer spielen, und sagt: »Und jedem Anfang wohnt ein Zauber inne, der uns beschützt und der uns hilft, zu leben.«

»Was meinst du damit?«, fragt Samuel.

»Das hat mal ein Dichter gesagt, und es bedeutet, dass es sehr reizvoll sein kann, sich auf etwas Neues einzulassen. Eine neue Chance, vielleicht ein neues Glück. Das Gedicht geht so weiter: Wir sollten heiter Raum um Raum durchschreiten, an keinem wie an einer Heimat hängen.«

»Aber das gilt doch nur, wenn man es selber will, und nicht, wenn es nur die anderen wollen«, sagt Samuel und wendet sich wieder dem Jungen Remi aus *Heimatlos* zu, der gerade darauf wartet, dass seine Mutter Barbarin aus Mehl, Butter und Eiern Faschingskrapfen für ihn backen wird. Carlotta spielt weiter, eine sanfte Melodie, die sich anhört wie Regentropfen auf Blättern. Ab und zu raschelt Anna mit ihren Papieren oder Samuel dreht eine Seite um.

Es ist schön bei Anna und Carlotta, schön wie immer. Alles ist so aufgeräumt, dass ihm die angebrochene Rolle Schokoladenkekse auf dem Couchtisch schon wie Unordnung vorkommt. In der Luft hängt, trotz des offenen Fensters, ein Hauch von Carlottas Parfüm. Samuel seufzt vor Wohlbehagen. Und als Anna den Kopf hebt und zu ihm herüberschaut, nickt er und lächelt. Sie hebt zwei Finger an die Lippen und wirft ihm einen Kuss zu.

Am nächsten Morgen, als Samuel allein in der Küche sitzt und frühstückt, denkt er: Ja, es ist schön bei Anna und Carlotta, schön und aufgeräumt und still und niemand schimpft oder mault. Aber es ist auch ein bisschen langweilig. Ein kleines bisschen nur. Anna hat ihm noch den Tisch gedeckt und Brot, Butter und Marmelade hingestellt, bevor sie hinuntergegangen ist in die Praxis. Da war Carlotta bereits in die Klinik gefahren.

Samuel trinkt die Milch, die Anna schon gleich nach dem Aufstehen aus dem Kühlschrank genommen hat, damit sie Zimmertemperatur bekommt. »Das ist gesünder«, sagt sie immer. Und Samuel fügt sich, obwohl er eiskalte Milch viel lieber trinkt als lauwarme. Am liebsten mit Himbeergeschmack.

Im Glas neben der Butter ist Pflaumenmus und das mag er wirklich nicht besonders gern. Er steht auf und sucht Honig, findet aber keinen, weder in der Küche noch in der Speisekammer. Er überlegt, ob er hinuntergehen soll in die Praxis. Anna hat es ihm angeboten. »Wenn etwas Wichtiges ist, kannst du natürlich kommen.« Aber Honig ist nicht wirklich wichtig, denkt er, auch wenn sein Magen so tut, als gäbe es im Moment nichts Wichtigeres als ein Honigbrot. Widerwillig greift er nach dem Pflaumenmus. »In der

Not frisst der Teufel Fliegen«, sagt seine Mutter immer, und er denkt: … und der Samuel Pflaumenmus.

Nach dem Frühstück geht er hinüber ins Wohnzimmer und setzt sich an den Flügel. Mit einem Finger klimpert er die Kinderlieder, die er kann, *Hänschen klein* und *Alle meine Entchen* und solche Sachen. Doch bald macht es ihm keinen Spaß mehr, er klappt den Deckel wieder zu und schaut sich um. Es ist hier wirklich sehr ordentlich und staubfrei, sogar die Papiere auf Annas Schreibtisch sind so korrekt gestapelt, dass kein Eckchen übersteht. »Was willst du, zwei Ärztinnen«, hat Anna einmal gesagt. »Wir achten schon aus Berufsgründen auf Sauberkeit.«

Der Flügel zum Beispiel ist so glänzend poliert, dass sich Samuels Gesicht in dem schwarzen Lack spiegelt, als er sich darüber beugt. Es ist sein Gesicht, natürlich, und trotzdem sieht es fremd aus. Dunkel. So würde ich vielleicht aussehen, wenn ich in Afrika geboren wäre, denkt er und schneidet eine Grimasse. Auch das schwarze Gesicht verzieht sich. Eine Weile vergnügt er sich damit, die schrecklichsten Fratzen zu schneiden und sein verzerrtes Spiegelbild zu beobachten, den Mund mit der Zunge, die sich wie ein aufgeblähter Ballon zwischen die Lippen schiebt, die Augen, die hinter seinen hochgeschobenen Wangen verschwinden.

Dann wird ihm auch das langweilig. Er denkt an zu Hause und an sein Zimmer. Und daran, dass er jetzt seine Käfersammlung aufräumen könnte. Doch gleich fällt ihm ein, dass der Karton mit seiner Sammlung längst in einem anderen Zimmer steht und dass er sein eigentliches, sein richtiges Zimmer nie mehr sehen wird. Diesen Gedanken schiebt er schnell von sich.

Gut, dann wird er eben ein bisschen durch die Stadt bummeln. Bis halb eins muss er sich die Zeit vertreiben, bis Anna ihre Praxis zumacht. Und nachmittags noch einmal von vier bis sechs, spätestens halb sieben. Er holt das Insekten-Bestimmungsbuch und das Vergrößerungsglas aus seinem Rucksack. Man weiß ja nie, auf was man unterwegs trifft. In die andere Anoraktasche steckt er noch zwei Schokoladenkekse, weil man auch nie weiß, ob man nicht unterwegs Hunger bekommt. Dann zieht er los.

Im Treppenhaus begegnet er Frau Müller aus dem zweiten Stock. Sie trägt in jeder Hand eine volle Einkaufstasche. »Ach, schau an, Samuel«, sagt sie, »wie geht's dir denn? Besuchst du mal wieder deine liebe Omi?«

So zuckersüß und klebrig wie türkischer Honig. Wenn Sie wüssten, wie meine »liebe Omi« über Sie redet, denkt er, aber er macht sein Höfliche-Konversation-Gesicht, wie Anna es nennt, und sagt: »Danke, Frau Müller, mir geht's gut. Ihnen auch?« Mehr nicht. Beim Weitergehen überlegt er, dass sie in Zukunft auch neue Nachbarn haben werden.

Was das wohl für Leute sind, die in dieser Siedlung dort wohnen? Aber in Wirklichkeit will er es nicht wissen.

Er läuft durch ein paar Straßen, betrachtet Schaufenster und schaut einem Mann in einem schwarzen Trikot und mit einem Zylinder auf dem Kopf zu, der vor den Treppen zum Gerichtsgebäude eine Pantomime aufführt. Er scheint einen unsichtbaren Schmetterling fangen zu wollen und bewegt sich so geschmeidig wie eine Katze. Samuel versucht, seine Bewegungen nachzumachen. Doch als der Mann seinen Zylinder abnimmt und ihn mit einer Verbeugung den Leuten hinhält, die stehen geblieben sind und jetzt klatschen, wendet Samuel den Kopf ab und geht schnell weiter. Er hätte dem Schmetterlingsfänger höchstens einen Schokoladenkeks in den Hut werfen können.

In *Heimatlos* ist es der Hund Capi, der, mit dem Hut in der Schnauze, auf den Hinterbeinen herumläuft und von den Zuschauern Geld einsammelt, wenn die Truppe des Signor Vitalis ihre Kunststücke vorgeführt hat. Remi gehört jetzt auch dazu und außer Capi noch die beiden Hunde Zerbino und Miss Dolce und der Affe Joli-Cœur. Anna hat ihm gesagt, wie man den Namen des Affen ausspricht: Scholi-kör. Er hat es sich mit ganz kleinen Buchstaben darüber geschrieben.

Samuel biegt in eine Grünanlage ein. Sie ist ziemlich groß, aber nichts im Vergleich zum Nordpark. Neben einer

Bank entdeckt er einen Ameisenhaufen und bleibt stehen. Nicht dass ihn Ameisen besonders interessieren, er hat sie schon oft beobachtet, und ihr Gewusel hat ihm, ehrlich gesagt, noch nie viel Spaß gemacht. Er zieht einen Schokoladenkeks aus der Anoraktasche, beißt hinein und lässt dann einen Krümel direkt in eine Ameisenstraße fallen. Eine Ameise versucht, den Krümel, der mindestens dreimal so groß ist wie sie selbst, davonzuschleppen. Doch bevor ihr das gelingt, nimmt ihn ihr eine andere Ameise weg. Und dann mischt sich eine dritte ein, eine vierte. Samuel schaut ihnen amüsiert zu. Aber weil alle Ameisen gleich aussehen, weiß er nicht, welche es ist, die schließlich mit der Beute abzieht, die erste, die zweite, die dritte oder die vierte. Oder eine ganz andere.

Die Tage vergehen dann doch ziemlich schnell. Am Donnerstagabend gehen sie zusammen ins Hallenbad und Samuel zeigt Anna und Carlotta seinen elegantesten Kopfsprung. Bis der Bademeister kommt und sagt, dass Springen verboten ist. Und am Freitagabend spielen sie Uno und essen dazu die Pralinen, die Carlotta von einem Patienten geschenkt bekommen hat. Anna und Carlotta spielen am liebsten Scrabble, aber das mag Samuel nicht, weil er gegen die beiden immer verliert. Und wenn er etwas nicht leiden kann, dann ist es, dauernd zu verlieren. Bei Uno ist es anders, da hat man entweder Glück oder man hat es nicht. Er wäre blöd, sich darüber zu ärgern. Aber das muss er auch nicht, er hat Glück.

Mitten im Spiel ruft seine Mutter an.

»Ja«, sagt Anna, »wir werden gegen Abend da sein. Willst du mit ihm sprechen?«

Samuel drückt den Hörer so fest ans Ohr, dass es ihm fast wehtut. Als er ihre Stimme hört, merkt er, wie sehr sie ihm gefehlt hat. Sie erzählt von dem neuen Haus. Begeistert beschreibt sie, wie viel mehr Platz sie jetzt haben. Und ein schönes, großes Badezimmer. Und das Einkaufszentrum ist nicht weit. Es gibt dort sogar eine Stadtbücherei, Sami, die wird dir gefallen. Und, und, und.

Aber Samuel kennt seine Mutter. Er weiß, dass ihre Begeisterung gespielt ist. Oder wenigstens übertrieben. Ihre Stimme ist dann nämlich immer ein bisschen höher und ein bisschen lauter. Trotzdem hat er plötzlich große Sehnsucht nach ihr und wünscht sich, dass sie ihn in den Arm nimmt und küsst und ihm sagt, wie sehr sie ihn vermisst hat und wie traurig es ohne ihn war. Auch wenn ihre Stimme dann vielleicht ein bisschen höher und ein bisschen lauter klingen sollte.

Remi hat seine Mutter Barbarin verlassen müssen. Und wer weiß, ob er sie je wiedersehen wird. Das lässt sich überhaupt nicht mit Samuels Situation vergleichen. Er weiß nämlich, wann er seine Mutter wiedersehen wird. Morgen.

3. Die Vogelsiedlung oder Wenn ein Haus wie das andre ist

Am Samstag regnet es. Sie sind alle drei schon nass, als sie im Auto sitzen. Anna lässt den Motor an, und Samuel fällt ein, dass er seine Zahnbürste vergessen hat. Anna geht noch einmal hinauf, um sie zu holen. Als sie zurückkommt, schließt Herr Meister gerade seine Drogerie zu. Er winkt ihnen nach, als sie endlich losfahren.

Diesmal singt Anna nicht, sie unterhält sich leise mit Carlotta. Irgendetwas stimmt heute nicht mit ihnen, das ist Samuel schon beim Frühstück aufgefallen. Carlotta war betont lustig und Anna hat kaum etwas gesagt. Vielleicht ist sie ja nur traurig, weil ich wieder heimfahre, denkt er. Es könnte doch sein, dass sie es nicht besonders spannend findet, Tag für Tag nur allein zu sein mit Carlotta. Auch wenn sie immer sagt, eine bessere Freundin als Carlotta hätte sie nie finden können. Trotzdem. Eine Wohnung ohne Kinder ist wirklich ein bisschen langweilig, denkt Samuel. Wenn sie wenigstens einen Hund hätten. Oder eine Katze. Remi hat den Hund Capi, der ihn tröstet, wenn er traurig ist. Und mit dem er spielen kann, wenn er sich langweilt. Aber Anna mag keine Haustiere, ebenso wenig wie seine Mutter.

Samuel schaut aus dem Fenster hinaus in den Regen. Die ganze Stadt sieht heute grau aus. Es ist ein trister Regen, dünn und unentschlossen. Ein durchsichtiger grauer Vorhang, hinter dem die Häuser vorbeifliegen. Die wenigen Leute auf den Straßen haben Regenschirme aufgespannt, ein Mann hält sich eine Zeitung über den Kopf. An einem Baum steht ein großer Hund. Er hat ein Hinterbein angehoben und pinkelt. Hunden macht so ein bisschen Regen nichts aus, die haben ein dickes Fell, denkt Samuel. Da muss es schon ganz anders kommen, bis die mal richtig nass werden. Der Hund im Nordpark fällt ihm ein, den er neulich gesehen hat. Ein großer, dicker Hund mit einem braunen Lockenfell, wie ein Teddybär. Der Hund ist in den Teich gesprungen, und als er wieder herauskam, war er nicht wiederzuerkennen, so dünn und langbeinig sah er auf einmal aus.

Als sie die Stadt hinter sich haben, rutscht Samuel in die Ecke, so gut es mit dem blöden Gurt eben geht, und macht die Augen zu. Der Motor brummt beruhigend. Er hört den Motor nicht nur mit den Ohren, er spürt ihn auch in seinem Körper. Als würde alles in ihm zittern, vor allem sein Magen. Er kann nicht verstehen, was Anna und Carlotta reden. Will es auch gar nicht. Ihre Stimmen schweben durch das Auto wie Musik, mal leiser, mal lauter, und der Scheibenwischer schlägt gleichmäßig den Takt dazu. Wie das Metronom, das Carlotta manchmal einstellt, wenn sie etwas Neues übt.

Samuel freut sich nicht auf zu Hause. Die Siedlung ist nicht sein Zuhause. Aber er freut sich auf seine Mutter, seinen Vater und seine Schwester.

»Anna«, fragt er plötzlich, »hast du deinen Bruder eigentlich lieb gehabt? Ich meine früher, als ihr noch zusammengewohnt habt.«

Anna lacht ihr lautes, warmes Lachen. »Meistens schon«, sagt sie. »Aber nicht immer. Kleine Brüder können einem manchmal ganz schön auf die Nerven gehen.«

»Große Schwestern aber auch«, sagt Samuel und versinkt wieder in Gedanken. Bis er fragt: »Du warst auch viel älter als er, nicht wahr?«

»Fünf Jahre«, sagt Anna. »Genau wie bei euch. Aber das ist Zufall, so etwas vererbt sich nicht.«

»Und was vererbt sich?«

»Das Aussehen«, sagt Anna und überholt einen Lastwagen. »Deine dunklen Haare hast du zum Beispiel von deiner Mutter und die hat sie von mir. Deine blauen Augen stammen allerdings von deinem Vater.«

»Und das ist besonders hübsch«, sagt Carlotta. »Dunkle Haare und blaue Augen. Apart.«

»Was heißt apart?«

»Anders als das Übliche. Reizvoll.«

»Meine große Nase habe ich von meinem Vater geerbt«, sagt Anna. »Und wenn du Pech hast, kriegst du auch so einen Zinken. Manchmal überspringen bestimmte Eigenheiten eine Generation und vererben sich von den Großeltern auf die Enkel.«

Samuel berührt seine Nase. Sie ist beruhigend klein.

»Noch«, sagt Anna, die seine Bewegung vermutlich im Rückspiegel gesehen hat. »Das wird sich herausstellen, wenn du in die Pubertät kommst. Erst dann kriegt deine Nase ihre endgültige Form. Oder glaubst du etwa, du würdest dein Leben lang mit einer Stupsnase herumlaufen?«

»Das würde wohl auch ziemlich albern aussehen«, sagt Carlotta. »Eine Kindernase in einem Männergesicht.«

»Und was ist mit einer Männernase in einem Frauengesicht?«, fragt Anna. »Sieht das auch albern aus?«

»Nein, überhaupt nicht«, antwortet Carlotta. »Das ist markant.«

Samuel fragt nicht, was das heißen soll, markant. Er hat heute schon genug neue Wörter gehört, ihm reicht's. Und er will auch nichts Falsches sagen. Beim Frühstück hat Carlotta Anna »mangelnde Konzessionsbereitschaft« vorgeworfen, und als Samuel gefragt hat, was das heißt, hat Carlotta nur gesagt: »Das heißt, dass sie den größten Dickkopf hat, den ich kenne.« Samuel hat Anna betrachtet. Ihr Kopf ist wirklich ziemlich groß und dick. Aber alles an Anna ist groß und ein bisschen dick. Und als er sagte: »Mama sagt immer, Anna ist so störrisch wie ein Esel«, hat Carlotta gelacht, und Anna ist aus der Küche gegangen und hat die Tür ziemlich laut hinter sich zugemacht.

Samuel betrachtet die beiden Köpfe vor sich, den rotblonden und den grauen, und ist froh, dass sie jetzt wieder normal miteinander sprechen. Er schaut aus dem Fenster und sieht, dass sie schon über die Brücke fahren. Vor ihnen liegt die Brauerei. Die Rückfahrt ist schnell vorbeigegangen. Immer gehen die Rückfahrten schneller vorbei, das kennt er von den Urlaubsreisen nach Italien. Die Hinfahrt zieht sich in die Länge wie ein ausgelutschter Kaugummi. Man glaubt, man kommt nie an, man hat dauernd Hunger und dauernd Durst und muss dauernd pinkeln. Aber auf der Rückfahrt hat man kaum ein bisschen gedöst, da ist man auch schon zu Hause.

Nach einer Weile biegt Anna von der Hauptstraße ab in ein Viertel mit älteren Häusern. Sie sind zwei- oder dreistöckig, manche sogar richtig alt und mit einem großen Garten. Andere, Wohnblöcke mit mehreren Eingängen, sehen jünger aus. Und weniger schön. »Warum ausgerechnet ein Haus in der Siedlung?«, hat Samuel gesagt. »Es gibt dort in der Nähe doch auch schöne, alte Häuser.«

»Ja«, hat sein Vater geantwortet. »Aber die sind erstens nicht zu verkaufen, und wenn sie es wären, hätten wir zweitens nicht das Geld dafür.«

»Lauter Straßen mit Namen von Komponisten«, sagt Carlotta jetzt. Sie hat den Stadtplan aufgeschlagen und fährt mit dem Finger die Straßen entlang. »Wir sind gleich da. Hier ist die Mozartstraße. An der nächsten Kreuzung müssen wir nach rechts, in die Ahornstraße. Dann sind wir bei den Bäumen und dahinter kommen schon die Vogelnamen.«

Es ist wie eine andere Welt, denkt Samuel. Gerade sind sie noch an Gärten mit Obstbäumen vorbeigefahren, sogar durch eine Pappelallee, da liegt die Siedlung vor ihnen. Sieben lange Reihen von Häusern, aneinander gebaut, eins wie das andere. Und der Scheibenwischer, der unermüdlich hin- und herschlägt, macht den Anblick auch nicht schöner.

Anna bremst, das Auto bleibt an der Ecke stehen. »Welches Haus ist es, Sami?«, fragt sie.

»Keine Ahnung«, sagt er.

»Aber du musst es wissen, du warst doch schon mal hier.«

Ja, er war hier. Mit seinen Eltern und Pauline. Und mit dem Immobilienmakler. Samuel war entsetzt, als er die Siedlung gesehen hat. Der Immobilienmakler hat Sachen gesagt wie Neubaugebiet mit Zukunft, großzügige Raumverteilung, hervorragende Infrastruktur, hohe Lebensqualität. »Aber nicht schön«, hat Samuel gesagt. Niemand hat auf ihn gehört. Nur seine Mutter hat ihm zerstreut über den Kopf gestreichelt und gesagt: »Du brauchst immer so schrecklich lange, bis du dich an etwas gewöhnst.« Und hinterher, als sie im Auto saßen und heimfuhren, hat sie gesagt: »Endlich mal mehr Platz und endlich mal eine Wohnung in einem Haus, das keine hundert Jahre alt ist. Eine neue Küche. Ein neues Badezimmer. Keine blinden Stellen mehr auf den Fliesen. Keine Kratzer in der Badewanne. Keine Aufkleberreste an den Türen. Keine Ecken und Winkel, die man nie mehr sauber kriegt.« Und Pauline hat gesagt: »Und ich freu mich darüber, dass ich endlich mal ein richtiges Zimmer bekomme. Größer als das Loch, in dem ich die ganze Zeit hause.« Als sein Vater dann noch das Wort »bezahlbar« in die Diskussion brachte, war Samuel klar, dass er verloren hatte.

»Ja, ich war schon mal hier«, sagt er. »Aber das nützt nichts. Oder hast du eine Idee, wie man die Häuser auseinander halten könnte?«

»Das lernst du schon noch«, sagt Anna leichthin. »Amselstraße 25. Wir werden es bestimmt finden.«

Natürlich werden sie es finden. Alle Häuser haben über der Eingangstür ein blaues Schild, auf dem mit weißer

Schrift groß und deutlich die Nummer steht. »Das ist auch nötig«, sagt Samuel. »Sonst würden die Leute dauernd in fremde Häuser laufen.«

»Sei doch nicht so grantig, Schatz«, sagt Carlotta und dreht sich zu ihm um. »Du kannst ja einen Teddy ans Fenster setzen, damit du immer weißt, wo du wohnst.«

»Gib dir keine Mühe«, sagt Anna. »Er ist genauso nachtragend und übelnehmerisch wie seine Mutter. Wenn der etwas nicht gepasst hat, hat sie mir immer wochenlang das Leben zur Hölle gemacht.«

Carlotta dreht sich wieder nach vorn. »Manche Eigenschaften vererben sich auch direkt«, sagt sie, ohne Anna anzuschauen. »Der Apfel fällt nicht weit vom Stamm.«

»Ach ja?«, sagt Anna. Ihre Stimme ist auf einmal wieder etwas höher als sonst und nicht so warm. Sie gibt Gas, das Auto macht einen kleinen Satz.

Spannung liegt in der Luft. Spannung wie vor einem Streit. Damit kennt Samuel sich aus.

Deshalb sagt er schnell: »Wie nackt alles ist. Zu Hause habe ich immer Bäume vor dem Fenster gehabt. Wir hätten nicht wegziehen sollen. Oder seht ihr irgendwo einen Baum?«

Anna macht eine Handbewegung nach rückwärts, in die Richtung, aus der sie gekommen sind, zu den Gärten mit den Obstbäumen und zu der Pappelallee. Carlotta deutet in die entgegengesetzte Richtung. Dort, hinter Feldern, erstreckt sich ein Wald. »Manchmal sieht man vor lauter Wald die Bäume nicht«, sagt sie.

»Umgekehrt«, mault Samuel. »Es heißt: vor lauter Bäumen den Wald nicht mehr sehen. Aber es ist ein blöder Spruch, so oder so.«

Anna bremst. »Da ist es.«

Über der Tür ist das blaue Schild mit den weißen Zahlen. 25. Sie steigen aus. Als Samuel seinen Rucksack aus dem Kofferraum holt, hat Carlotta schon geklingelt und die Mutter reißt die Tür weit auf. Sie hat die rote Bluse mit den kurzen Ärmeln und den kleinen, grauen Elefanten auf dem Kragen an. Eine Bluse, die ihr besonders gut steht.

»Sami«, sagt sie und breitet die Arme aus. »Ach, Sami, ich habe solche Sehnsucht nach dir gehabt.« Sie drückt ihn fest an sich und sagt, wie sehr sie ihn vermisst hat und wie traurig es ohne ihn war. Und ihre Stimme klingt kein bisschen zu laut und kein bisschen zu hoch. Samuel wird es warm ums Herz.

Anna nimmt seinen Rucksack aus dem Auto und stellt ihn auf die unterste der drei Stufen, die zur Haustür führen. Dann steigt sie noch einmal ein, um das Auto wegzufahren. Die Straße ist nämlich zu schmal, als dass sie hier parken könnte. »Am Ende der Straße gibt es genügend Besucherparkplätze für die ganze Siedlung«, sagt die Mutter.

Samuel lässt sich auch von Pauline umarmen und küssen. »Schön, dass du da bist, Kleiner«, sagt sie, »ich bin auch erst zwei Stunden da.« Dann ist sein Vater an der Reihe. Der reibt eine kratzige Wange an seiner, bis Samuel »Au« schreit. Aber es stört ihn nicht wirklich. Er mag es, wenn sein Vater so aussieht wie jetzt. Unrasiert und in alten Jeans und einem alten T-Shirt.

Im Haus riecht es nach Farbe und frisch gebackenem Kuchen. Im Flur steht der Garderobenständer aus der alten Wohnung. Gott sei Dank, einen neuen Garderobenständer hätte Samuel nicht ertragen. Ein neues Haus reicht, da braucht man nicht auch noch Möbel, die anders aussehen als früher.

Er zieht seinen Anorak aus, der immer noch ein bisschen feucht ist, und hängt ihn an den Haken. Dann bringt er seinen Rucksack hinauf in das Zimmer, das sie damals für ihn bestimmt haben.

Er macht die Tür auf. Die Gegenstände kennt er alle, das Bett, den Kleiderschrank, den Schreibtisch mit dem Drehstuhl, den Hocker, der ihm als Nachttisch dient. Trotzdem ist ihm das Zimmer fremd, nicht nur wegen der leeren Regale und weil das Fenster an einer anderen Wand ist, nicht gegenüber der Tür wie in der alten Wohnung. Vor dem Schrank stehen noch zwei unausgepackte Kartons, Samuel/Bücher und Samuel/Sammlungen. Auf dem Schreibtisch liegen seine Lieblingszeichnungen. Ganz oben der Hirschkäfer.

Samuel geht zum Fenster, wirft einen Blick hinaus. Dass sie jetzt eine Terrasse haben, ist natürlich schön, auch wenn der Garten nicht sehr groß ist. Kein Vergleich mit dem Nordpark. Aber das wäre auch zu viel verlangt. Die Gärten der Nachbarn sind auch nicht größer. Hinter den Gärten ist eine schmale Straße, gerade breit genug, dass man mit dem Auto zur Garage fahren kann, dann kommt schon die nächste Häuserreihe. Im Haus gegenüber ist die Eingangstür sperrangelweit offen. Samuel sieht eine Frau, die, mit dem Rücken zu ihm, neben einem Eimer steht. Sie putzt den Flur. In ihrem Vorgarten blühen Forsythien, die letzten gelben Blüten in grünen Blättern, genau wie im Nordpark, und auf dem Treppenabsatz, neben der Haustür, steht ein Kübel. Was in dem Kübel wächst, kann er aber nicht erkennen.

Als die Frau sich bückt, sieht er nur noch ihren großen Hintern. Ihr dunkler Rock ist hochgerutscht, ihre Kniekehlen über den Strümpfen leuchten weiß. Das Fenster daneben steht offen. Samuel sieht ein Aquarium. Vielleicht ist es das Wohnzimmer? Nein, es muss die Küche sein, weil auch in ihrem Haus das Küchenfenster neben der Eingangstür ist. Wieso hat sie ein Aquarium in der Küche? Schade, dass er auf diese Entfernung die Fische nicht erkennen kann. Sie hätten vielleicht ein kleiner Ersatz sein können. Obwohl er Fische langweilig findet im Vergleich zu Vögeln.

Die Frau richtet sich auf, dreht sich um, lässt den Lappen in den Putzeimer fallen und wischt die Hände an ihrem Rock ab. Sie hat graue Locken und eine runde Brille. Sie hebt den Kopf, als würde sie seinen Blick spüren, und bewegt die rechte Hand. Samuel ist unsicher, ob sie ihm winkt oder ob sie nur ihre Hand trocken schütteln will. Aber sie lächelt, deswegen ist es wohl doch ein Winken. Verlegen hebt er die Hand und lächelt zurück. Dann dreht er sich schnell um und läuft die Treppe hinunter.

Die anderen sind im Wohnzimmer. Anna steht an der Tür zur Terrasse, Carlotta sitzt neben Pauline an einem Tisch vor dem Fenster. Dieser Tisch ist neu, auch die sechs Stühle. Die Mutter kommt mit einem runden Kuchen aus der Küche. »Dein Zimmer ist wie früher, Sami«, sagt sie. »Wir haben die Möbel wieder genauso hingestellt.«

»Gepfercht«, sagt Samuel.

Die Mutter stellt den Kuchen auf den neuen Tisch und schaut Anna an. »Streuselkuchen, habe ich heute Morgen extra für dich gebacken.« Und dann umarmt sie Anna und seufzt. »Ach, Anna.«

Und Anna seufzt und sagt: »Ach, Tessi.«

Carlotta lächelt. Auch Pauline lächelt. Und der Vater holt Tassen und Teller aus der Küche.

Samuel schaut von einem zum anderen und hat auf einmal das Gefühl, dass alle etwas wissen, was er nicht weiß. Ein blödes Gefühl ist das. Ein sehr blödes.

4. Das Frühstück oder Sonntags gibt's Ciabattabrötchen

Abends hat die Mutter zu Pauline und Samuel gesagt: »Ihr müsst euch gut merken, was ihr heute Nacht träumt. Der erste Traum in einem neuen Haus hat eine ganz besondere Bedeutung.«

Samuel hat nichts geträumt, absolut nichts. Als er aufwacht, ist sein Kopf so leer wie die Wände. Das erinnert ihn daran, dass er heute die Kartons auspacken muss.

Es ist das erste gemeinsame Frühstück im neuen Haus. An dem ebenfalls neuen Esstisch im Wohnzimmer. Der alte steht in der Küche, die ist nämlich viel größer als die in der Wohnung am Nordpark. Wie jeden Sonntag gibt es weiche Eier und frisch aufgebackene Ciabattabrötchen. Das ganze Haus riecht danach. Samuel hat es schon gerochen, als er aufgestanden ist, als er auf der Toilette war, als er die Treppe heruntergekommen ist.

»Nun, was habt ihr geträumt?«, fragt die Mutter.

»Ich habe von Italien geträumt«, sagt Pauline. »Genauer gesagt, von Sizilien, wohin wir in den Ferien eigentlich fahren wollten. Aber das war wohl ein Reinfall, nachdem es in diesem Sommer nichts wird mit unserem Urlaub.«

»Nein«, sagt der Vater, schneidet ein Brötchen auf und bestreicht es mit Butter. »Wenn man neu in einer Firma anfängt, kann man nicht im Sommer schon Urlaub machen. In meiner Position muss man mit gutem Beispiel vorangehen.«

Pauline zieht einen Flunsch. »Aber Mama kriegt zwei Wochen frei«, sagt sie, »und dabei fängt sie morgen erst an und du bist schon seit Januar im Baumarkt.« Sie macht ein Gesicht wie eine besonders mürrische Sumpfschildkröte. Oder noch mürrischer, falls es das gibt, denkt Samuel und trinkt seine Erdbeermilch.

Der Vater köpft sein Ei, bestreut es mit Salz und Pfeffer und fängt an zu löffeln. Seine Stimme klingt ruhig und beherrscht, als er sagt: »Weil Doktor Burger die Praxis drei Wochen zumacht. Betriebsferien, das ist etwas ganz anderes.«

»Wahrscheinlich hast du es gar nicht erst versucht«, sagt Pauline. »Jetzt, in deiner Position, ist dir die Arbeit bestimmt noch wichtiger als früher. Jedenfalls wichtiger als wir.«

Die Stimme des Vaters wird lauter und weniger beherrscht. »Man kann nicht immer alles haben, was man will. Es wird langsam Zeit, dass du das lernst, Fräulein Großkotz.«

Samuel zieht den Kopf ein. Ciabattabrötchen, denkt er, genau wie in der alten Wohnung. Damit hat es schon oft angefangen. Vielleicht sollten wir keine Ciabattabrötchen mehr essen.

Er schaut seine Mutter an, ihre Blicke treffen sich. »Und du, Sami, was hast du geträumt«, fragt sie schnell.

Er zuckt mit den Schultern und antwortet so gleichgültig, wie er es im Moment hinkriegt: »Nichts habe ich geträumt, gar nichts. Meinst du, das ist vielleicht ein Zeichen dafür, dass es mir in diesem Haus immer langweilig sein wird?«

»Ein bisschen Langeweile könnte uns nichts schaden«, sagt Pauline. Sie steht auf. »Ich bin satt. Darf ich raufgehen?« Sie wartet die Antwort nicht ab. An der Tür dreht sie sich noch einmal um, schaut ihre Mutter an und sagt: »Vielleicht sollten wir in Zukunft sonntags lieber Toast zum Frühstück essen, die Ciabattabrötchen scheinen uns nicht zu bekommen.«

Samuel unterdrückt ein Grinsen, sein Vater runzelt die Stirn.

Nach dem Frühstück lässt sich Samuel von seiner Mutter Klebeband und Reißnägel geben und hängt erst einmal seine Bilder auf. Der Hirschkäfer kommt an die Wand neben dem Bett, damit er ihn morgens nach dem Aufwachen gleich sieht. Und auch, wenn er zur Tür hereinkommt. Als

Ersatz für das Fenster. Denn in seinem alten Zimmer hat er immer erst das Fenster mit dem Kranich gesehen, wenn er die Tür aufgemacht hat. Und das ist wichtig.

»Wenn man ein Zimmer betritt, muss der erste Blick auf etwas Schönes fallen«, hat Carlotta gesagt. »Auf etwas, das einen die Atmosphäre gleich spüren lässt, den Geist des Raums.« Deshalb hat Anna, vor zwei Jahren, als Carlotta bei ihr eingezogen ist, den schönen alten Bücherschrank mit den geschnitzten Ranken und den Löwenfüßen an die Wand gegenüber der Wohnzimmertür gestellt. Trotzdem sind es nicht die Bücher, die den Geist des Raums bestimmen, denkt Samuel jetzt. Es ist der Flügel. Die Bücher gehören Anna, den Flügel hat Carlotta mitgebracht.

Als alle Bilder hängen, packt Samuel den Kranich aus. Der hat den Umzug zum Glück unbeschadet überstanden, und als er wie früher auf der Fensterbank steht und sein Schnabel einen Strich durch den grauen Himmel zieht, sieht das Zimmer gleich freundlicher aus. Vertrauter.

Alle Zimmer im Haus sind viel größer als die in der alten Wohnung, nur seines nicht, das ist ein ganzes Stück kleiner. Seine Sachen passen zwar rein, aber gerade mal eben. Nur die Inliner, die Stelzen und sein Cityroller, die früher immer in der freien Ecke neben dem Schrank standen, sind nicht mehr da, schon weil es keine freie Ecke mehr gibt. Sie haben jetzt ihren Platz im Keller, neben einem Regal mit

Werkzeug. Dort liegen auch die Federballschläger und das Bocciaspiel. »Der Raum ist groß genug«, hat sein Vater gestern gesagt, als er Anna und Carlotta das Haus gezeigt hat. »Vielleicht stellen wir noch einen Pingpongtisch rein.«

Ein Pingpongtisch wäre prima, denkt Samuel jetzt. Ich glaube, das würde mir Spaß machen. Und Mama hat Recht, in einem Haus gibt es wirklich viel mehr Platz als in einer Wohnung. Das Badezimmer zum Beispiel ist so groß, dass man fast darin spazieren gehen könnte, weil die Waschmaschine und der Trockner im Keller stehen, in einem speziellen Raum für die Wäsche.

Samuel macht sich daran, seine Bücher auszupacken. Er hat ziemlich viele, trotzdem stehen sie bald ordentlich im Regal. Nun sind seine Sammlungen an der Reihe. Die Käfersammlung umfasst vierzehn Streichholzschachteln und drei etwas größere Schachteln, die ihm seine Mutter von der Arbeit mitgebracht hat. Früher waren darin Ampullen für Spritzen, aber das sieht man jetzt nicht mehr. Alle, auch die Streichholzschachteln, sind mit weißem Papier beklebt. Auf die Oberseite hat er mit dünnen Filzschreibern das Tier gezeichnet, das, auf Watte gebettet, in der Schachtel liegt. Und darunter hat er den Namen geschrieben, auf Lateinisch, weil das viel feierlicher klingt. Natürlich sind es nicht nur Käfer, so viele tote Käfer findet man nicht. Leider. In manchen Schachteln liegen andere Insekten, zum Beispiel eine Stubenfliege, *Musca domestica*, eine Wespe, *Paravespula vulgaris*, eine Biene, *Apis mellifica*, ein Ohrwurm, *Forficula auricularia,* und eine Schmeißfliege, *Calliphora vomitoria.*

Samuel lächelt, als er die Schachtel mit dem Maikäfer betrachtet. Mit dem hat alles angefangen, der Maikäfer war sein erstes Sammlerstück. Eigentlich heißt er Gemeiner Maikäfer, *Melolontha melolontha.* Aber das »Gemein« bedeutet nicht, dass er besonders bösartig wäre, sondern eher so etwas wie »gewöhnlich«. Der Nächste war ein Marienkäfer mit zwei Punkten, *Adalia bipunctata.* Die findet man natürlich häufig. Außerdem hat er noch einen schwarzen Moderkäfer, *Ocypus olens*, einen Scharlachroten Feuerkäfer, *Pyrochroa coccinea*, einen Totengräber, *Necrophorus vespillo,* und einen Rotbauchigen Laubschnellkäfer, *Athous haemorrhoidalis.* Den hat er im Wald gefunden, bei einem Ausflug zu einer Burg. Aus Gewohnheit hat er Steine und Rinden umgedreht. Als er den Käfer sah, dachte er erst, er sei noch lebendig, und nahm ihn vorsichtig hoch, um ihn genauer zu betrachten. Da erst merkte er, dass er tot war. Zu Hause hat er dann im Bestimmungsbuch nachgeschaut und gelesen, dass er geschützt ist. Sein größter Käfer ist ein Lederlaufkäfer, *Carabus coriaceus*, dreieinhalb Zentimeter groß, der auf der Liste der gefährdeten Käfer steht. Am liebsten hat Samuel aber den Kleinen Puppenräuber, *Calosoma inquisitor.* Zum einen ist er auffallend hübsch, zum anderen hat er ihn einfach so gefunden, ohne nach ihm gesucht zu haben. Das macht ihn zu etwas ganz Besonderem. Er hat auch noch ein paar leere Puppenhüllen, mehr oder weniger heil, von denen er nicht weiß, welche Käfer aus ihnen geschlüpft sind.

Samuel stellt die Schachteln, mit dem Bild nach vorn und nebeneinander, in das Fach direkt über seinem Schreibtisch, sodass er sie, wenn er davor sitzt, direkt in Blickhöhe hat. Eine der größeren Schachteln ist leider immer noch leer. Die Zeichnung zeigt deutlich einen Hirschkäfer, *Lucanus cervus*, ein Männchen mit einem geweihartigen Oberkiefer. Ein Prachtstück, zumindest auf der Zeichnung. Seit langem hat Samuel die Schachtel vorbereitet, sie ist sogar schon mit Watte ausgefüttert. Aber obwohl er immer auf alten Baumstämmen und um alte Baumstämme herum nach ihnen sucht, hat er bisher keinen Hirschkäfer entdeckt. Noch nicht einmal einen lebenden, geschweige denn einen toten. Dabei sind sie angeblich gar nicht so selten.

Er holt sich einen Hocker aus dem Badezimmer, um die Steinsammlung auf das oberste Regalbrett zu räumen. Da liegen sie gut, die Steine. Er braucht sie nicht mehr jeden Tag zu sehen, denn eigentlich sind sie ihm schon längst langweilig geworden. Aber wegwerfen möchte er sie auch nicht, dafür hat er sich zu lange mit ihnen beschäftigt. Die dritte Sammlung sind die Figuren aus Überraschungseiern.

Die hat er nicht alle selbst gesammelt, die meisten stammen von Pauline. Sie hat sie ihm geschenkt, als sie keine Lust mehr hatte, sich weiter mit Kinderkram abzugeben. Samuel erinnert sich noch genau, was seine Mutter damals gesagt hat: »Warum wirfst du sie nicht einfach in den Mülleimer? Jetzt muss ich mich auch noch in Samis Zimmer über diese Staubfänger ärgern.«

Samuel macht den Deckel des Schuhkartons auf, in dem er sie transportiert hat. Er nimmt eine Figur heraus, betrachtet sie, nimmt eine andere. Sie sind hübsch, das stimmt. Trotzdem beschließt er, sie im Schuhkarton zu lassen. Er könnte ihn ja bekleben und ein paar besonders schöne Figuren darauf malen. Vielleicht die Schlümpfe. Am besten fängt er gleich damit an.

Beim Malen denkt er an die neue Schule. Seine Mutter hat ihn schon angemeldet, morgen wird er zum ersten Mal hingehen. »Deine Lehrerin heißt Herzberg«, hat die Mutter gesagt. »Sie ist noch ziemlich jung und macht einen sehr netten Eindruck. Sie hat gesagt, dass auch ein paar Kinder aus der Siedlung in deine Klasse gehen. Das ist doch etwas anderes als früher, am Nordpark. Bestimmt findest du bald Freunde und hast nachmittags jemanden zum Spielen. Du wirst sehen, in der neuen Schule geht es dir besser.«

Herzberg klingt lustig, denkt Samuel. Er hat eine Vorliebe für lustige Namen. Rindfleisch, Goldsticker, Schreckenberger, Steinbrecher, Rosenzweig, Bitterwein, Lautenschläger. Jetzt kommt noch Herzberg hinzu.

Aber dass es ihm besser gehen wird, glaubt er nicht. Es ist ihm ja nicht wirklich schlecht gegangen in der alten Schule. Allerdings auch nicht gut. Irgendwo in der Mitte zwischen schlecht und gut, denkt er. Und er denkt weiter: Immer ist bei mir alles irgendwo in der Mitte. Dieser Gedanke macht ihn nicht fröhlicher.

Dabei gab es eine Zeit, in der es ihm ziemlich gut gegangen ist. Als Tommi noch sein Freund war. Bevor der große, schöne, starke Kevin in die Klasse gekommen ist und Tommi nur noch Augen für ihn hatte. Alle, vor allem die Mädchen, hatten nur noch Augen für Kevin. Samuel weiß nicht, was ihn mehr gekränkt hat, dass Tommi nichts mehr von ihm wissen wollte und Kevins bester Freund wurde oder die Tatsache, dass er auf so einen großspurigen Blödmann wie Kevin reingefallen ist. Auf diesen Hohlkopf, wie Pauline sagen würde. Aber so ist es nun mal gewesen. Und Samuel empfindet noch immer eine Mischung aus Trauer und Wut und Gekränktsein, wenn er daran denkt.

Inzwischen hat Samuel gelernt, nichts zu erwarten und sich möglichst unauffällig zu verhalten. Er wird schon froh sein, wenn ihn die anderen in Ruhe lassen. Wenn sie ihn nicht hänseln oder ihm ein Bein stellen. Oder ihn einen

Streber nennen. Dabei ist er kein Streber, er lernt nur gern etwas Neues.

Samuel seufzt. Zum Glück ist er wenigstens einigermaßen gut in Sport, auch wenn er Ballspiele nicht mag, vor allem Fußball nicht. Aber beim Klettern macht ihm keiner was vor. Das hat er auch genügend geübt, er hat schließlich immer den Park mit den vielen Bäumen direkt vor der Haustür gehabt. Es ging ihm jedenfalls besser als Cornelius, der sich nichts traut und beim Laufen und Weitspringen immer der Letzte war. Der Allerletzte.

Nein, seiner alten Klasse weint Samuel keine Träne nach. Aber von der neuen erhofft er sich auch nicht viel. Vielleicht werden alle misstrauisch ihm gegenüber sein, weil sie gar nicht wissen können, dass er nicht gefährlich ist. Manchmal bringt ein Neuer eine Klasse ganz schön durcheinander. Alte Freundschaften zerbrechen, neue bilden sich. Oder auch nicht. Es lohnt sich allerdings nicht, sich große Sorgen zu machen, so lange wird er nicht in diese Schule gehen. Nur noch bis zu den Sommerferien. Im Herbst kommt er ins Gymnasium. »Dann wird alles anders«, sagt seine Mutter oft. Und Samuel nickt, als würde er ihr glauben. Er mag es nicht, wenn sie ihn so besorgt betrachtet.

Die Tür geht auf. Pauline schiebt ihren Kopf herein. »Mann, ist es schon ordentlich bei dir«, sagt sie und stößt einen bewundernden Pfiff aus. »Es hat aufgehört, zu regnen,

Sami. Ich will ein bisschen mit dem Fahrrad herumfahren und die Gegend kennen lernen. Hast du Lust, mitzukommen?«

Samuel springt auf. »Gern.«

Es passiert nicht oft, dass Pauline etwas mit ihm unternimmt. Sie steckt meist mit ihren Freundinnen zusammen oder hockt vor ihrem Computer, der ihr offenbar so viel bedeutet wie ihm seine Käfer. »Gern«, sagt er noch einmal.

Vielleicht war es doch kein schlechtes Omen, dass er in seiner ersten Nacht im neuen Haus nichts geträumt hat. Obwohl er sich über einen Traum gefreut hätte, in dem er noch einmal über sein früheres Haus und über den ganzen Nordpark geflogen wäre.

5. Neue Gesichter oder Ein grünes Gummibärchen ist noch lange kein Zauber

Das Schulgebäude ist erstaunlich schön, schöner als seine frühere Schule. Die war nur ein hässlicher Betonkasten. Samuel betrachtet das ehrwürdige Haus mit dem Sandsteinportal, zu dem eine breite Treppe hinaufführt. Im Schulhof stehen Kastanienbäume, alt, mit weit ausladenden Kronen. Auch sie haben schon Knospen angesetzt, wie die Kastanien im Nordpark. Samuel nimmt es als gutes Zeichen.

Den Geruch im Treppenhaus kennt er von der alten Schule, da roch es genauso. »Wie in allen Schulen«, sagt seine Mutter. »Bei Pauline riecht es auch nicht anders. Als gäbe es eine Firma, die Putzmittel speziell für Schulen herstellt. Komm, das Sekretariat ist im ersten Stock.«

Auch hier sind dicke Messingknöpfe auf dem Geländerlauf. Wie in Annas Haus. Weil er gerade an Anna denkt, findet er vielleicht auch, dass Frau Kerner, die Rektorin, Anna ähnlich sieht. Eine kräftige Frau mit einer großen Nase. Sie ist allerdings jünger und ihre Haare sind nicht grau, sondern braun. Doch ihre Stimme ist laut und warm, wie Annas Stimme.

»Das ist nicht besonders angenehm für dich, Samuel«, sagt sie, »dass du für so kurze Zeit noch in eine neue Schule gehen musst.«

»Wir konnten es nicht ändern«, sagt seine Mutter.

Samuel schaut sich um, während seine Mutter Frau Kerner erklärt, warum es nicht anders ging, er weiß es sowieso. Weil sie schneller als erwartet das Haus gefunden haben, das nur zehn Minuten von ihrer neuen Arbeit entfernt ist und noch nicht mal eine halbe Stunde von der des Vaters. In einer Großstadt kann man da nur von Glück reden.

An einer Wand hängen Zeichnungen und Bilder, die Kinder gemalt haben. Auch ein Käfer ist dabei. Man kann aber nicht erkennen, was für einer es sein soll. Samuel steht auf und betrachtet ihn aus der Nähe. Es muss ein Phantasiekäfer sein, mit einem fast viereckigen Körper und ohne Halsschild, aber mit sehr schönen, runden Fühlern. Außerdem erkennt man die Flügeldecken nicht, es sieht aus, als hätte der Käfer nur einen langen Rücken. Und die drei Beinpaare sitzen auch nicht an den richtigen Stellen. Samuel überlegt, ob er Frau Kerner einmal einen richtigen Käfer malen soll. Lieber nicht, er kennt sie ja gar nicht, auch wenn sie ihn an Anna erinnert.

Seine Mutter sagt gerade: »Samuels große Schwester fährt

noch bis zum Ende des Schuljahres in ihr altes Gymnasium, dann werden wir erst entscheiden, ob sie wechselt, sie kommt dann sowieso in die Kollegstufe. Aber Samuel ist noch zu jung, um morgens und mittags über eine Stunde zu fahren, finden Sie nicht auch?«

Er sieht, wie Frau Kerner nickt und sagt: »Ja, das verstehe ich.« Dann wendet sie sich an Samuel. »Komm, ich bring dich in deine neue Klasse, Frau Herzberg erwartet dich schon.«

»Tschau, Sami«, sagt die Mutter. »Und du holst mich nach der Schule von der Arbeit ab. Du hast dir den Weg doch gemerkt, nicht wahr?«

Er nickt. »Ja, natürlich. Um ein Uhr.«

Er folgt Frau Kerner durch einen langen Gang, von dem mehrere Türen abgehen. Hinter einer Tür wird gesungen. Samuel meint, etwas von weißen Schwänen zu verstehen, aber er kennt das Lied nicht. Es klingt schön. Schwermütig. Während er noch darüber nachdenkt, woran ihn die Melodie erinnert, bleibt Frau Kerner stehen, macht eine Tür auf und schiebt ihn in ein Klassenzimmer. Dann läuft alles ab wie im letzten Jahr, als Sarah neu in seine Schule gekommen ist. Die Kinder, die schon bei seinem Eintritt von ihren Heften hochgeschaut und ihre Stifte hingelegt haben, starren ihn neugierig an. Und er fühlt sich ganz steif und staksig und weiß nicht, wohin er gucken soll.

Die Lehrerin mit dem schönen Namen Herzberg kommt auf ihn zu und gibt ihm die Hand. Frau Kerner sagt etwas von »ein neuer Mitschüler« und »Ich bin sicher, ihr werdet ihm alle helfen, damit er sich bald heimisch bei uns fühlt«. Dann geht sie.

Frau Herzberg sagt, Samuel soll sich zu Jakob setzen, da ist noch ein Platz frei. Samuel geht zu der Bank in der letzten Reihe, direkt neben dem Fenster. Der Junge, der Jakob heißt, rückt ein Stück zur Seite und räumt seine Sachen von Samuels Hälfte. Ein Heft, Stifte, ein grünes Gummibärchen und einen Fußballspitzer. Samuel stellt seinen Ranzen neben die Bank und setzt sich. Eine Hand schiebt sich über die Tischplatte, eine Hand mit Tintenflecken und einem Pflaster am Daumen, und als sie sich hebt, liegt das grüne Gummibärchen vor Samuel. Zögernd dreht er sich halb um. Jakob lächelt, schnell und verlegen, und schaut dann wieder zu Frau Herzberg. Aber Samuel hat gesehen, dass seine Ohren rot geworden sind. Er nimmt das grüne Gummibärchen und schiebt es sich unauffällig in den Mund. Obwohl er Gummibärchen eigentlich nicht besonders mag.

Frau Herzberg passt zu ihrem Namen. Oder besser, ihr Name passt zu ihr. Sie hat honiggelbe Haare und braune Augen. Wie die afrikanische Antilope in dem Naturfilm, den er sich neulich im Fernsehen angeschaut hat. Blonde

Haare und braune Augen ist doch genauso ungewöhnlich wie dunkle Haare und blaue Augen, denkt er. Bestimmt würde Carlotta sagen, sie sieht apart aus. Samuel lächelt, als er an Carlotta denkt. Und weil Frau Herzberg so hübsch aussieht. Besonders, wenn sie lacht. Dann bekommt sie nämlich Grübchen in die Wangen. Aber sie dreht sich schon wieder um und schreibt eine Aufgabe an die Tafel.

Der Unterricht geht weiter. Samuel sitzt da und fühlt sich fremd. Unbehaglich. So muss sich ein Käfer fühlen, der von einem Menschen zwischen Daumen und Zeigefinger gehalten und betrachtet wird und hilflos mit den Beinen zappelt. Natürlich, was hat er denn erwartet? Dass alle vor Freude einen Purzelbaum schlagen oder ein Lied für ihn singen? Dass sie sagen: Guten Tag, Samuel, du bist genau der Junge, auf den wir die ganze Zeit gewartet haben?

Verstohlen wirft er seinem Banknachbarn einen Blick zu. Jakob hat sehr kurze blonde Stoppelhaare und eine Stupsnase. Sein Sweatshirt ist ihm zu groß und auf seiner Jeans sind Tintenflecken. Dann sieht Samuel, dass es gar keine Tintenflecken sind, sondern kleine Tiere, ein Elefant, eine Giraffe, eine Raubkatze. Als würde Jakob sich während des Unterrichts die Hose bemalen. Er scheint ganz nett zu sein. Auf den ersten Blick jedenfalls. Aber Samuel weiß aus Erfahrung, wie man sich da irren kann. »Der erste Blick ist wichtig«, hat Carlotta einmal gesagt. »Aber manchmal ist der zweite noch wichtiger.« Anna hat gelacht und Carlotta einen Kuss gegeben und gesagt: »Bei dir ist es doch eher der dritte oder vierte, so zögerlich, wie du bist.«

Samuel denkt, mal sehen, wie dieser Jakob auf den zweiten Blick ist. Oder auf den dritten oder vierten. Er hat das Gefühl, ebenso zögerlich zu sein wie Carlotta, auch wenn er nicht genau weiß, was Anna damit gemeint hat. Vermutlich so etwas wie langsam. Aber warum hat sie dann nicht langsam gesagt?

Im Übrigen hätte er gern neben einem Mädchen gesessen, Mädchen mag er lieber. Wenn überhaupt. Aber so etwas darf man nicht laut sagen, das weiß er. Er weiß auch, was man zu hören bekommt, wenn man es trotzdem laut sagt. Aber immerhin sitzen zwei Mädchen in der Bank vor ihm, er kann sie von hinten beobachten. Die linke, die direkt vor ihm sitzt, trägt einen himmelblauen Pullover. Ihre Schultern sind schmal, aus dem dunkelblauen Pulloverrand steigt ein dünner Hals, darüber ist ein Wust aus braunen Locken. Sie hebt die Hand, streicht sich die Haare zurück, und für einen Moment sieht er ein winziges rosiges Ohr mit einem Goldknöpfchen, dann wird es wieder von den Locken verdeckt. Schnell senkt Samuel den Kopf. Niemand soll merken, wie er das Mädchen anschaut.

Aber die anderen achten schon nicht mehr auf ihn, nur selten dreht sich der eine oder andere um und wirft ihm einen neugierigen Blick zu. Sie haben Rechnen. Das kann Samuel gut. Deshalb freut er sich, als Frau Herzberg ihn aufruft und er beweisen kann, dass er nicht irgendein Dödel ist, der von nichts eine Ahnung hat. »Sehr gut, Samuel«, sagt Frau Herzberg, »das hast du prima gemacht.« Und Samuel merkt, dass er rot wird. Das ist ihm peinlich, deshalb senkt er schnell den Kopf und tut, als müsste er an seiner Hand etwas wegkratzen. Aber da ist nichts zum Wegkratzen.

In der Pause ist der Schulhof rappelvoll, so wie in der alten Schule, und es ist auch genauso laut. Samuel läuft herum, das Käsebrot in der Hand, das seine Mutter ihm eingepackt hat, zusammen mit einem Apfel. Niemand kümmert sich um ihn, er fühlt sich einsam. Auch in der alten Schule ist er in den Pausen oft allein herumgelaufen, aber jetzt ist es anders. Während er von einer Kastanie zur nächsten geht, denkt er darüber nach, warum es eigentlich anders ist. Und schließlich kommt er auf den Unterschied. Wenn man die anderen kennt, kann man sie beobachten und fühlt sich als Zuschauer, aber nicht unbedingt einsam. Doch wenn man niemanden kennt, weiß man nicht, an wem man den Blick festmachen kann.

Deshalb ist er froh, als er Jakob entdeckt, der mit ein paar anderen Jungen Fangen spielt. Er schaut nicht zu ihm herüber, als Samuel sich an eine Kastanie in der Nähe lehnt. Er reibt den Rücken an dem harten Stamm, isst sein Käsebrot und beobachtet die Fangenspieler. Jakob rennt so schnell wie ein Wiesel zwischen den Kindern hindurch, die in Gruppen und Grüppchen herumstehen, und weicht seinem Verfolger immer wieder aus. Vom Rennen bekommt er knallrote Backen. Als er an Samuel vorbeiläuft, hört er ihn keuchen. Dann bleibt er stehen, dreht den Kopf und lacht Samuel an, bevor er weiterrennt. Samuel fühlt sich nicht mehr ganz so einsam.

Trotzdem ist er erleichtert, als der Vormittag vorbei ist und es nach der fünften Stunde gongt. Inzwischen hat er sich schon ein paar Namen gemerkt. Das Mädchen mit den braunen Locken und dem himmelblauen Pulli heißt Vanessa. Sie hat eine leise und sehr sanfte Stimme und kann gut vorlesen. Das Mädchen neben ihr heißt Kerstin, der Junge mit der blauen Brille Torsten und der hübsche Dunkelhaarige mit den schwarzen Augen Carlo.

Langsam geht Samuel auf den Kirchturm zu, den man von der Schule aus genau sehen kann. Wie ein zum Himmel gereckter Finger steigt er über den Häusern empor und zeigt die richtige Richtung an. Der Marktplatz mit dem Springbrunnen in der Mitte ist das Zentrum des Stadtteils, mit einem Supermarkt, einer kleinen Fußgängerzone und Geschäften und mit einem Einkaufszentrum, in dem sich auch die Bücherei befindet. In einer Seitenstraße ist die Praxis von Doktor Burger, dem Zahnarzt, bei dem die Mutter ab heute arbeitet.

Samuel ist viel zu früh da, deshalb spaziert er noch ein bisschen herum. Vor der Bücherei bleibt er stehen, holt den Apfel aus dem Ranzen und fängt an zu kauen, während er durch das riesige Fenster hineinschaut. Die Bücherei ist ziemlich groß, er kann eine Bilderbuchecke mit Kissen und Plüschtieren sehen und ein paar Computer, an denen zwei Mädchen in Paulines Alter sitzen. In der Mitte führt eine breite Treppe nach oben, es gibt also noch einen zweiten Stock. Eine große, kräftige Frau räumt Bücher ein. Auch sie erinnert ihn an Anna. Schon die zweite Frau heute, die ihn an sie erinnert. Vermutlich, weil er Sehnsucht nach ihr hat.

Endlich ist es ein Uhr, er biegt in die Marktgasse ein und bleibt gegenüber dem Haus Nr. 7 stehen. Aber dann dauert es noch eine Weile, bis seine Mutter aus der Tür kommt. Sie ist nicht allein. Neben ihr geht eine etwas kleinere, ebenfalls dunkelhaarige Frau in einem grünen Flattermantel und mit einer großen Umhängetasche. Die Frau erzählt offenbar etwas sehr Lustiges, denn die Mutter lacht und sieht richtig fröhlich aus. Samuel fühlt einen Stich. So fröhlich sieht sie zu Hause nur selten aus.

Sie winkt Samuel zu, als sie ihn entdeckt. Zögernd überquert er die Straße. Seine Mutter lacht immer noch. Sie gibt ihm einen Kuss und dreht ihn so, dass er die Frau im Flattermantel anschauen muss. »Das ist meine neue Kollegin, Frau Schober«, sagt sie. Und zu der Frau: »Schau, Ingrid, das ist Sami.«

»Samuel«, sagt Samuel ein bisschen zu laut. Er ist zornig auf seine Mutter. Sie weiß doch, dass er es nicht mag, wenn Fremde ihn Sami nennen. Sami ist sein privater Name.

Frau Schober hält ihm die Hand hin und sagt: »Ich freue mich, dich kennen zu lernen, Samuel. Wie war dein erster Schultag?«

Widerwillig gibt er ihr die Hand und denkt, was geht sie das an, Mama hätte es mich fragen müssen. Er zuckt mit den Schultern. »Geht so«, sagt er abweisend. »Hätte schlimmer sein können.«

»Du siehst, er ist nicht gerade ein Optimist, mein Sohn«, sagt die Mutter und legt den Arm um Samuels Schulter. »Also dann, bis morgen, Ingrid.«

Endlich verschwindet die Frau und sie sind allein. »Hübsch, nicht wahr?«, sagt die Mutter und deutet auf den Brunnen. Der ist rund, mit einem niedrigen Mäuerchen als Einfassung, und in der Mitte sprüht eine Fontäne. Samuel geht neben seiner Mutter her. Vor der Bücherei steht jetzt ein Mann, der vorher nicht da war, und spielt Geige. Sie bleiben stehen und hören ihm zu. Auch die Bibliothekarin, die Samuel an Anna erinnert, hat die Tür aufgemacht und lauscht. Der Mann hat ein trauriges Gesicht und lange Haare, und sein Oberkörper bewegt sich mit der Geige hin und her und vor und zurück, so weich und geschmeidig, wie sich ein langer Grashalm im Wind bewegt. Die Musik ist nicht wirklich traurig, trotzdem merkt Samuel, dass ihm Tränen in die Augen treten. Er bückt sich, als sei ihm ein Schnürsenkel aufgegangen, und wischt sie unauffällig weg.

»Mozart«, sagt seine Mutter. »Wie schön er spielt.« Als der Mann die Geige absetzt und sich verneigt, nimmt sie zwei Euro aus dem Geldbeutel und gibt sie Samuel, der sie in den offenen Geigenkasten wirft, zu einigen anderen Münzen. Er hätte gern gewusst, wie viel Geld es ist. Für Signor Vitalis und Remi ist es immer wichtig, zu wissen, wie viel sie an einem Tag eingenommen haben. Davon hängt es ab, ob sie zum Abendessen mehr als nur ein Stück trockenes Brot zu essen bekommen und ob sie zur Abwechslung mal in einem richtigen Bett schlafen können. Aber um die Münzen im Geigenkasten zu zählen, müsste Samuel stehen bleiben und das wäre ihm peinlich. Er schaut den Geigenspieler an, der nickt und lächelt und sieht auf einmal gar nicht mehr traurig aus.

»Ich finde es nicht so schlecht hier«, sagt die Mutter, während sie langsam auf die Siedlung zugehen. »Doktor Burger ist nett, und die neuen Kolleginnen gefallen mir gut, besonders Ingrid Schober. Ich habe das Gefühl, als könnte sie eine Freundin werden. Eine richtige, meine ich. Außerdem arbeite ich hier nur noch achtundzwanzig Stunden.«

»Dafür arbeitet Papa aber viel länger«, sagt Samuel.

»Es ist nicht leicht, als stellvertretender Geschäftsführer so einen Baumarkt zu leiten«, sagt die Mutter. »Vor allem jetzt, am Anfang, muss Papa sich reinhängen. Da wird viel von ihm verlangt. Aber es ist eine große Chance für ihn.« Sie schweigt eine Weile, dann fügt sie hinzu: »Und vielleicht auch für mich.«

Hätte Samuel nicht gewusst, dass seine Mutter unbedingt etwas anderes machen will, hätte er nicht verstanden, was sie meint, so lang war die Pause. Aber er weiß es. Sie will studieren und sein Vater ist dagegen. Früher hat er gesagt, sie brauchten unbedingt ihr Gehalt, nur von seinem könnten sie nicht leben. Jetzt verdient er viel mehr, aber jetzt ist er so wenig zu Hause, dass die Familie leiden würde, wenn auch die Mutter seltener da wäre. Sagt er.

»Mir hat es am Nordpark besser gefallen«, sagt Samuel. »Viel, viel besser. Der Remi aus *Heimatlos* muss auch dauernd irgendwohin, wohin er gar nicht will. Aber die Orte sind immer schön und spannend, Berge und Wälder und Dörfer und Flüsse und so.«

Seine Mutter wuschelt ihm durch die Haare. »Ach, wenn

man irgendwohin muss, wohin man nicht will«, sagt sie, »ist es, glaube ich, ziemlich egal, ob der Ort schön und spannend ist. Außerdem ist nur schön, was man auch schön finden will.«

»Ich weiß«, sagt Samuel. »Die Schönheit liegt im Auge des Betrachters. Hast du mir mindestens schon hundertmal gesagt.«

»Und du hast es mindestens schon hundertmal nicht begriffen«, sagt seine Mutter.

Sie erreichen die Siedlung, und Samuel fängt laut an, die Häuser zu zählen.

»Warum denn das?«, fragt seine Mutter.

»Damit ich weiß, im wie vielten wir wohnen. Sie sehen doch alle gleich aus. Überall die gleichen Vorgärten, die gleichen drei Stufen hinauf zur Haustür. Überall ein Küchenfenster und ein Klofenster im Erdgeschoss und im ersten Stock zwei Fenster und das Milchglasfenster vom Badezimmer.«

»Ach, hör auf«, sagt die Mutter ungeduldig. Dann fügt sie versöhnlich hinzu: »Sie sehen doch gar nicht alle gleich aus. Schau, dieses Haus hier hat blaue Vorhänge …«

»… und das da weiße.«

»Stimmt.« Die Mutter nickt. »Und hier wächst neben der Haustür ein Rhododendron.«

»Und dort steht ein Kübel mit Tulpen.«

»Siehst du«, sagt die Mutter. »Man muss nur genau hinschauen.«

Trotzdem bleibt Samuel bedrückt.

Abends, beim Abendessen, sagt Pauline: »Warum hast du eigentlich so schlechte Laune?«

»Lass ihn«, sagt die Mutter. »Ein neuer Anfang ist nicht so leicht.«

Samuel sagt: »Und jedem Anfang wohnt ein Zauber inne, der uns beschützt und der uns hilft, zu leben.«

»Hesse«, sagt seine Mutter. »Hermann Hesse. Woher hast du das, Sami?«

»Von Carlotta«, sagt Samuel.

Aber sosehr er sich auch bemüht, es gelingt ihm nicht, den Zauber zu entdecken. Ein grünes Gummibärchen ist nur ein grünes Gummibärchen. Noch lange kein Zauber.

6. Der Bretterschuppen oder Ein Wunder kommt selten allein

In der nächsten Zeit wird nichts wirklich besser, weder Samuels Laune noch das Wetter. Vier Wochen sind sie nun schon in dem neuen Haus und nichts ist passiert. Wenn man davon absieht, dass Pfingstferien waren. Und dass die Eltern immer öfter streiten oder nicht miteinander reden. Samuel weiß nicht, was schlimmer ist. Pauline meint, wenn sie nicht miteinander reden. Nach einem Streit könne man sich wenigstens versöhnen, sagt sie. Abgesehen von kurzen Unterbrechungen regnet es tagelang, und die Mutter sagt, so einen schlechten Mai hätte es schon jahrelang nicht mehr gegeben. In der Schule singen sie: »Alles neu macht der Mai, macht die Seele frisch und frei.« Und Samuel denkt: Was für blöde Texte manche Lieder doch haben.

Samuel weiß einfach nicht, was er machen soll. Obwohl es in den Ferien noch schlimmer war. Jetzt ist er wenigstens morgens in der Schule. Aber die Nachmittage! Die Hausaufgaben kann man nicht unendlich lange ausdehnen, zu viel Fernsehen erlaubt seine Mutter nicht und zum Lesen hat er auch nicht immer Lust. Ihm geht es schlecht. Und obwohl das kein Trost ist, denkt Samuel an Remi, dem es auch einmal sehr schlecht gegangen ist und der viel Kummer mitgemacht hat. Bei einem Schneesturm, den er mit Vitalis und den Tieren in einer Waldhütte verbracht hatte, sind Zerbino und Miss Dolce von Wölfen gerissen worden. Noch dazu, weil Remi unaufmerksam gewesen war und die Tür offen gelassen hatte. Und Joli-Cœur hatte eine Lungenentzündung bekommen und war gestorben. Als wäre das nicht schon genug Unglück, starb sein geliebter Herr, Signor Vitalis, in einer eisigen Nacht an Kälte und Hunger. Aber danach hatte Remi eine liebe, gute Gärtnersfamilie gefunden, die ihn aufnahm. Der Vater liebte ihn wie einen Sohn und die Kinder wie einen Bruder. Vor allem die kleine Lisa, die durch einen Schock die Sprache verloren hatte. Bei diesen Leuten erholte sich Remi und wurde wieder glücklich.

Samuel setzt sich zu seinem Kranich auf die Fensterbank und schaut hinaus. Es hat vorübergehend aufgehört zu regnen und schon spielen auf dem freien Feld hinter der Siedlung ein paar Jungen Fußball. Samuel kann Fußballspielen nicht leiden. Hat es noch nie leiden können. Wie sie durch den Matsch rennen! Er meint, Jakob unter ihnen zu entdecken, aber vielleicht bildet er sich das nur ein. Nach dem grünen Gummibärchen haben sie nicht viel miteinander gesprochen. Sie lächeln sich manchmal an, sagen »schön« oder

»Mist«, viel mehr aber nicht. Na und, denkt Samuel, Jakob ärgert mich wenigstens nicht und macht auch keine blöden Bemerkungen. Das ist immerhin etwas. Vielleicht ist er ja auch nur zögerlich. Seine Mutter sagt, wenn zwei Zögerliche aufeinander treffen, kann es manchmal lange dauern, bis einer von ihnen sich ein Herz fasst und anfängt. Im Grund ist es jetzt so, wie es immer war, denkt Samuel. Nicht schlechter, aber auch nicht besser.

»Sami«, ruft seine Mutter von unten, von der Küche. »Sami, komm runter, das Essen ist fertig.«

Pauline ist an diesem Tag früher nach Hause gekommen, deshalb sitzen sie zu dritt beim Mittagessen. Samuel versteht gar nicht, warum Pauline so viel lacht. Sie hat eine Eins in Mathe geschrieben, das ist nichts Besonderes, in Mathematik ist sie schon immer gut. Sie erzählt Witze, aber Samuel findet heute keinen einzigen Witz komisch. Bis die Mutter sagt: »Sami, kannst du nicht mal ein anderes Gesicht machen? Du gehst mir auf die Nerven.«

»Mir ist langweilig«, sagt er. »Außer dass ich einen neuen Büchereiausweis gekriegt habe, ist nichts passiert. Und wenn ich zu viel fernsehe, wirst du wütend. Zu Hause hatte ich wenigstens den Park.«

»Das hier ist jetzt unser Zuhause«, sagt die Mutter. »Und Käfer kannst du hier bestimmt auch finden.«

»Wo denn? Siehst du irgendwo einen Baum?«

»Erstens leben Käfer nicht nur an und unter Bäumen, sondern auch sonst wo«, sagt Pauline. »Zweitens gibt es in der Nähe genug Bäume, zum Beispiel die Pappelallee. Und den Wald. Und drittens verdirbst du uns allen die Laune.«

Samuel zuckt mit den Schultern. »Ach ja?«

Pauline grinst. »Das hast du jetzt genauso gesagt wie Anna.«

»Na und?«, sagt Samuel. »Dann hat es sich wohl vererbt. Manche Eigenheiten überspringen eine Generation und vererben sich von den Großeltern direkt auf die Enkel.«

»Klugscheißer«, sagt Pauline. Und die Mutter wirft ihm einen erstaunten Blick zu, dann rollt sie weiter Spaghetti auf ihre Gabel.

Samuel lenkt ein, weil die Pappelallee wirklich eine gute Idee ist. »Ich glaube, ich brauche etwas Neues«, sagt er und gießt sich noch einmal Milch nach. »Käfer allein reichen mir nicht mehr. Außerdem findet man sie fast nur im Sommer. Was haltet ihr von Pilzen? Die könnte man sogar essen. Bestimmt wachsen im Wald hinter der Siedlung welche. Soll ich mich mal um Pilze kümmern?«

»Nein, um Gottes willen, keine Pilze«, ruft Pauline und lässt vor Schreck ihre Gabel zurück auf den Teller fallen, sodass Tomatensoße auf den Tisch spritzt. Sie holt ein Küchentuch und wischt die Flecken weg. Dabei sagt sie: »Ich sehe schon die Schlagzeile vor mir: *Viel versprechende Gym-*

nasiastin dahingerafft durch den verhängnisvollen Irrtum ihres dödeligen kleinen Bruders. Schlag dir die Pilze aus dem Kopf, Sami.«

»Außerdem findet man die auch nicht das ganze Jahr«, sagt die Mutter. »Hauptsächlich im Herbst.«

»Aber sie haben so schöne Namen«, sagt Samuel träumerisch. »Grünspanträuschlinge, Kornblumenröhrlinge, Schweinsohren.«

»Schweinswürstchen wären mir lieber«, sagt Pauline und setzt sich wieder an den Tisch.

Später geht Samuel zur Pappelallee. Der Himmel ist zwar immer noch grau, aber es hat wirklich aufgehört zu regnen. Samuel hat vor, dort nach einem Pappelblattkäfer zu suchen. Der ist häufig zu sehen, auch jetzt schon. Vielleicht findet er sogar einen Großen Pappelbock, auch wenn man Pappelböcke normalerweise erst von Juli bis September beobachten kann. Im Nordpark gab es keine Pappeln, deshalb hofft er auf ein Wunder. Dabei weiß er, dass man auf Wunder nicht hoffen darf. Sie kommen entweder unverhofft oder es sind keine.

Und dann passiert es doch, das Wunder. Samuel dreht ein Blatt um und findet einen toten Käfer, dem leider das linke Hinterbein fehlt. Allerdings ist es weder ein Pappelblattkäfer noch ein Pappelbock, nach denen er eigentlich gesucht hat. Es ist ein ziemlich großer Käfer, an die drei Zentimeter, gedrungen und mit starken Kauladen. Besonders auffallend sind die dicken Fühler und die blauschwarze, glänzende Färbung. Das Halsschild zeigt eine deutliche Längsfurche und auf den Flügeldecken hat er Kettenreihen mit Runzeln dazwischen. Es ist eindeutig ein Laufkäfer. Vielleicht ein Blauer Laufkäfer. Aber ist das Blau blau genug? Natürlich hat er sein Bestimmungsbuch dabei, auch das Vergrößerungsglas. Doch hier, auf der Straße, mag er sich nicht einfach hinsetzen und nachschlagen. Außerdem ist der Boden zu feucht nach dem langen Regen, und er weiß genau, wie eklig sich ein nasser Hosenboden anfühlt. Deshalb wickelt er den Käfer sorgfältig in mehrere Papiertaschentücher, damit ihm nichts passiert. Ein Käfer lässt sich auch leichter bestimmen, wenn man ihn auf ein weißes Blatt Papier legt.

Plötzlich hört er jemanden sagen: »Was machst du da?«

Samuel dreht sich erschrocken um. Ein Mädchen steht hinter ihm. Sie ist groß, ein bisschen größer als er, und dabei ist er nicht klein. Allerdings auch nicht groß. In der Mitte eben, wie immer. Ihre Haare sind dunkelblond oder hellbraun, eine Farbe irgendwo dazwischen, und so kurz geschnitten wie bei einem Jungen. Sie ist auch angezogen wie ein Junge: Jeans, grünes T-Shirt, blauer Anorak, unter dem sie etwas versteckt hat, das sie von außen mit einer Hand festhält. Er hätte sie leicht für einen Jungen halten können, hätte er sie nicht immer mit anderen Mädchen gesehen. Er kennt sie nämlich vom Pausenhof. Na ja, kennen ist übertrieben, er hat sie gesehen. Sie geht in seine Parallelklasse.

»He, du bist doch der Neue aus der Siedlung«, sagt sie. »Wie heißt du?«

»Samuel. Und du?«

»Nicole«, sagt sie. »Aber du kannst Nicki zu mir sagen. Alle nennen mich so.« Sie deutet auf den Papierball in seiner Hand. »Also, was hast du da?«

»Einen toten Käfer.«

Nicki verzieht das Gesicht und stößt die Luft aus. »Igitt!«, sagt sie angeekelt.

»Kein igitt«, sagt Samuel. »Ein Laufkäfer. Ich bin froh, dass ich ihn gefunden habe.«

»Zeig ihn mir«, verlangt sie.

Er wickelt vorsichtig die Taschentücher auf. Dann liegt der Käfer auf seiner Hand. Nicki lässt eine Plastiktüte vom Supermarkt unter ihrem Anorak hervorrutschen und stellt sie auf den Boden. Dann beugt sie sich vor, um den Käfer genauer zu betrachten. Als auch Samuel sich vorbeugt, berühren sich ihre Haare. Samuel spürt das Kitzeln bis in die Kopfhaut, bevor er sich wieder aufrichtet.

Nicki tippt den Käfer vorsichtig mit dem Finger an, als wolle sie prüfen, ob er wirklich tot ist. Und diesmal sagt sie nicht »igitt«, sondern: »Was für eine schöne Farbe er hat.«

»Ich glaube, es ist ein Blauer Laufkäfer«, sagt er. »Siehst du die Kettenreihen und die Runzeln auf den Flügeldecken? Das spricht dafür, dass es einer ist. Aber sicher bin ich nicht, ich habe noch nie einen gesehen, nur auf Bildern.«

»Er ist wirklich hübsch«, sagt Nicki. »Auf den zweiten Blick.«

Samuel nickt. »Nur schade, dass ihm ein Hinterbein fehlt.« Er wickelt den Käfer wieder ein.

»Und was hast du mit ihm vor?«, fragt Nicki neugierig.

»Er kommt in meine Sammlung.«

»Du sammelst Käfer?«

»Tote«, sagt Samuel. »Lebendige betrachte ich nur. Dann bestimme ich sie und male sie aus einem Buch ab. Aber ich würde nie im Leben einen totmachen, nur damit ich ihn aufheben kann.«

»Komisch, so etwas habe ich noch nie gehört.«

Sie sieht nett aus, denkt Samuel. Sie hat grüne Augen mit bernsteinfarbenen Sprenkeln. Die schönsten Augen, die er je gesehen hat. Und sie steht so dicht vor ihm, dass er ihre langen, dunklen Wimpern erkennen kann, jede einzelne. Sie sind sehr dicht und gebogen und werfen feine Schatten auf ihre Haut. Solche Wimpern haben nur Mädchen, denkt Samuel, auch wenn man sie sonst für einen Jungen halten könnte. Sie gefällt ihm. Besonders ihr Grübchen im Kinn und die Sommersprossen auf der Nase und den Wangen. Sie sehen lustig aus.

»Und was hast du da?«, fragt er und deutet auf die Plastiktüte, die sie vorher unter ihrem Anorak versteckt hat.

Sie wird rot. »Ach, nichts Besonderes«, sagt sie. »Ich muss jetzt weg, ich habe keine Zeit mehr.«

»Schade«, sagt Samuel. Es ist ihm einfach so rausgerutscht. Aber es stimmt, er findet es schade. Obwohl sie doch nur vor einem Gartenzaun stehen und nichts anderes tun, als sich ein bisschen zu unterhalten. Trotzdem gefällt es ihm.

Nicki nimmt die Tüte vom Boden und schiebt sie wieder unter ihren Anorak. Die Haut an ihrem Hals rötet sich. Sie druckst herum, würde seine Mutter das nennen. Plötzlich sagt sie: »Soll ich dir etwas zeigen? Etwas ganz besonders Schönes?«

Er nickt.

»Aber du darfst es niemandem verraten, versprich es.«

»Großes Ehrenwort«, sagt er.

»Dann komm.«

Sie gehen nebeneinander her zum Ahornweg, er mit dem eingewickelten Käfer in der Hand, sie mit ihrer Plastiktüte. Und Samuel denkt, wie viel schöner es ist, neben jemandem herzugehen als immer nur allein.

»Hier wohne ich«, sagt Nicki und deutet auf eines der alten Häuser. Aber sie führt ihn an dem Haus vorbei durch einen Garten mit Gemüsebeeten und Bäumen. Nicki deutet auf einen Baum. »Kirschen«, sagt sie. »Ich freu mich schon darauf, wenn sie reif sind.«

Plötzlich taucht hinter ein paar Büschen ein Bretterschuppen auf. Er macht einen alten, baufälligen Eindruck und die Holzschindeln auf seinem Dach sind bemoost.

»Er hat meinem Opa gehört«, sagt Nicki. »Hier war seine Werkstatt. Aber er ist im Dezember gestorben, kurz vor Weihnachten. Und davor war er jahrelang krank. Deshalb sieht der Schuppen so aus.« Ihre Stimme ist immer leiser geworden, jetzt schweigt sie. Doch als sie weiterspricht, hört sie sich wieder normal an. »Den Schuppen braucht niemand mehr, deshalb kann ich ihn haben.«

Sie stellt die Tüte ab, holt einen Schlüssel aus ihrer Hosentasche und schließt ein Vorhängeschloss auf, bevor sie den rostigen Riegel zurückschiebt. Samuel wundert sich, warum so ein alter Schuppen, den niemand mehr braucht, mit einem Vorhängeschloss gesichert ist.

Nicki nimmt ihre Tüte auf und geht hinein. »Komm rein.« Dann zieht sie die Tür wieder zu und hakt einen Riegel ein, so einen, wie man manchmal an alten Klotüren sieht.

Es ist ziemlich dämmrig hier drinnen. Samuel erkennt eine Werkbank, aber ohne Werkzeug, einen Hackklotz und eine Wand aus aufgeschichteten Holzscheiten. Nicki geht um die Wand herum, er folgt ihr.

Durch ein kleines Fenster, so weit oben, dass man nicht hinausschauen kann, fällt Licht herein. Samuel kann erkennen, dass auf dem Boden eine Wolldecke liegt, eine braune oder eine graue, und auf der Decke eine schwarze Katze mit weißen Pfoten und einem weißen Bauch.

»Das ist Minka«, sagt Nicki.

Als sich Samuels Augen an das Dämmerlicht gewöhnt haben, sieht er auch drei dunkle Fellkugeln mit weißen Flecken. Kätzchen. Katzenbabys.

»Nun?«, sagt Nicki triumphierend, als hätte sie die Kätzchen selbst gemacht. »Habe ich dir zu viel versprochen? Ist das nicht etwas besonders Schönes?«

Samuel schiebt den Papierball mit dem Käfer in seine Jackentasche, bevor er sich neben Nicki auf den Boden kauert. Er ist so aufgeregt, dass er kein Wort herausbekommt. So etwas hat er noch nie gesehen. Kleine, rosafarbene Schnäuzchen, die an den Zitzen saugen. Beim Trinken bewegen die Kätzchen die Pfoten und stoßen ununterbrochen gegen den Bauch ihrer Mutter, als würden sie trommeln. Minka scheint es aber nicht zu stören, sie bleibt ganz ruhig liegen und lässt sich von Nicki streicheln. Nur ab und zu streckt sie eine Vorderpfote aus und rollte sie wieder ein oder sie bewegt den Schwanz hin und her. Eine verhaltene, sehr langsame Bewegung, die so ganz anders ist, als wenn ein Hund wedelt.

Ein Kätzchen fällt von der Zitze ab und rollt in eine Falte der Wolldecke. Es sieht seiner Mutter ähnlich, aber es hat ein weißes Ohr und eine weiße Maske im Gesicht. Wie ein Clown. Nicki hebt es vorsichtig hoch und hält es zärtlich an ihre Wange. »Ihre Augen sind noch zu«, sagt sie. »Sie sind erst eine Woche alt.«

»Darf ich es auch mal haben?«, fragt Samuel. Er flüstert die Worte nur, aus Angst, die Katzenmutter zu erschrecken. Er streckt die Hand aus. Nicki küsst das Kätzchen, bevor sie es ihm in die offene Handfläche legt. Sogar Schnurrhaare hat es schon. Er hebt es an sein Gesicht, wie Nicki es gemacht hat. Noch nie hat er so etwas Weiches gespürt wie dieses Fell. Aber noch weicher ist der Lufthauch auf seiner Haut, wenn das Kätzchen ausatmet. Er hat auch noch nie so etwas gerochen. Wie warme Milch mit einer Spur von etwas Bitterem. Samuel berührt mit den Lippen das Fell, vielleicht an derselben Stelle, die Nicki vorher geküsst hat. Das Kätzchen krümmt sich und maunzt leise und kläglich. Samuel erschrickt.

»Es will zu seiner Mama«, sagt Nicki. Sie nimmt ihm das Tierchen aus der Hand und legt es zurück auf die Decke, an den Katzenbauch. Es bewegt den Kopf, tastet mit dem Schnäuzchen suchend über den Bauch, bis es eine Zitze gefunden hat, und fängt wieder an zu saugen.

»Haben sie schon Namen?«, fragt Samuel.

Nicki schüttelt den Kopf. »Noch nicht. Vorläufig nenne ich sie nach ihren besonderen weißen Flecken Weißohr, Weißbrust und Weißpfote.«

Erst als die Kleinen satt und zufrieden in ihrer Kuhle liegen, zusammengerollt und so dicht nebeneinander wie Ostereier in einem Nest, steht die Katzenmutter auf, dehnt sich ausgiebig, streckt der Reihe nach ihre Pfoten aus, die Vorderpfoten nach vorn, die Hinterpfoten nach hinten. Dann macht sie einen Buckel, reckt den Schwanz in die Höhe, umstreicht Nicki und miaut.

»Ich weiß, du hast Hunger«, sagt Nicki. Sie steht auf und nimmt die geheimnisvolle Plastiktüte. Jetzt sieht Samuel, was darin ist. Zwei Dosen Katzenfutter. Nicki zieht bei beiden den Verschluss auf, nimmt einen kleinen Löffel und kratzt das Futter auf einen Teller, den sie vorher mit einem Taschentuch sauber gewischt hat. Danach kippt sie einen Rest Wasser aus einem Schüsselchen und schüttet aus einer Flasche frisches hinein.

»Warum hast du deine Katze nicht im Haus, warum hier im Schuppen?«, fragt Samuel, noch immer leise, während Minka sich über das Fressen hermacht.

»Meine Schwester ist allergisch, sie hat Asthma«, sagt Nicki. »Und außerdem ist Minka nicht meine Katze. Ich habe sie geklaut.«

»Geklaut?«, fragt Samuel erschrocken.

»Nur vorübergehend«, sagt Nicki beruhigend.

Aber Samuel ist nicht beruhigt, er starrt Nicki entsetzt an. Einen Kaugummi zu klauen kann er sich vorstellen, obwohl er es noch nie getan hat. Aber eine Katze?

Nicki verteidigt sich. »Mir ist gar nichts anderes übrig geblieben. Die Katze gehört Leuten, die drei Häuser weiter wohnen. Letztes Jahr haben sie Minkas Junge totgemacht. Gemein, nicht wahr? Dieses Jahr hätten sie es bestimmt auch wieder getan. Ich habe ihnen das Leben gerettet.« Und dann erzählt sie von Minkas Besitzern, die im letzten Herbst die jungen Kätzchen umgebracht haben. »Einfach ersäuft, verstehst du. Und als ich gesehen habe, dass Minka immer dicker wird, habe ich sie hier in den Schuppen gesperrt. Damit die Leute überhaupt nichts von den Kleinen erfahren.«

»Du hast sie eingesperrt?«

»Ich habe ihren Kindern das Leben gerettet«, sagt Nicki noch einmal. »Dazu musste ich Minka einsperren. Aber ich bringe ihr jeden Tag frisches Wasser und etwas zu essen. Und ich glaube, es gefällt ihr hier im Schuppen. Sie freut sich immer, wenn ich komme, und hat mich noch nie angefaucht. Und schau, diese Schachtel mit Sand ist ihr Klo. Den Sand hole ich immer vom Spielplatz. Abends, wenn keine Kinder mehr da sind.«

»Und wie geht es weiter?«, fragt Samuel.

Nicki zuckt mit den Schultern. »Solang die Kätzchen noch so klein sind, bleiben sie natürlich hier im Schuppen. Und dann muss ich sie irgendwo unterbringen.«

»Und was ist mit Minka?«

»Ach, die lasse ich dann wieder frei«, sagt Nicki. »Sie wird wohl zurück nach Hause gehen. Katzen tun das so, habe ich gehört. Die verschwinden manchmal für einige Zeit und kommen dann wieder. Vermutlich werden die Leute es gar nicht mitkriegen, dass sie Junge gehabt hat. Und wenn, dann ist es mir auch egal. Minka wird es schon schaffen. Die Hauptsache ist doch, dass die Kleinen leben.« Sie streicht mit dem Zeigefinger über die Fellknäuel, erst über Weißbrust, dann über Weißpfote und zuletzt über Weißohr. »Stell dir vor, sie wären jetzt schon tot.«

Samuel nickt und streichelt Weißpfote. Sie hat auch eine weiße Schwanzspitze. Das Kätzchen bewegt sich im Schlaf, drängt die kleine Schnauze an seinen Finger.

»Sie sind ein bisschen wie Engerlinge«, sagt Nicki. »Sie können noch nicht krabbeln.« Sie zögert. »Aber ich habe ein ganz anderes Problem. Das Geld für das Futter. Minka frisst jeden Tag mindestens zwei Dosen und ich habe sie schon seit zwei Wochen hier. Ich konnte doch nicht wissen, wann sie ihre Jungen kriegt. Zwei Wochen, eine Dose nach der anderen. So viel Taschengeld bekomme ich nicht und mein Sparschwein ist bald leer.«

Samuel braucht nicht lange nachzudenken, sein Entschluss steht sofort fest. »Aber meins nicht«, sagt er. »Mach dir keine Sorgen, ich werde dir helfen.«

Er ist so froh wie schon lange nicht mehr. Vielleicht wie noch nie.

Beim Abendessen sagt er: »Ich habe heute ein Mädchen kennen gelernt.«

»Ach ja?«, sagt seine Mutter erfreut. »Wie heißt sie?«

»Nicki. Eigentlich Nicole.«

»Und wie sieht sie aus?«, fragt die Mutter weiter.

»Wie Mädchen halt aussehen.«

»Oh Gott«, sagt die Mutter, »bis man aus dir mal was rauskriegt. Blond, braun, groß, klein, dick, dünn?«

»Zwischen blond und braun. Eher groß. Dünn.«

»Und sonst?«

»Sie hat ein Grübchen im Kinn. Und Sommersprossen. Aber nicht so viele wie Carlotta.«

»Also ganz hübsch«, sagt der Vater.

»Hübsch? Darauf habe ich nicht geachtet«, sagt Samuel.

Und Pauline zieht die Augenbrauen hoch.

An diesem Abend liegt Samuel im Bett und kann lange nicht einschlafen. Er hat den Käfer noch bestimmt. Es ist tatsächlich ein Blauer Laufkäfer, *Carabus intricatus*, und gar nicht so selten. Samuel hat ihn in eine große Schachtel mit Watte gelegt. Bekleben und Beschriften hat Zeit. Das kann er morgen immer noch machen. Oder übermorgen.

Er denkt an Minka und ihre Kinder. Und natürlich an Nicki. Und er wundert sich, dass sie ihm auf dem Schulhof nicht besonders aufgefallen ist. Gut, sie hat nie so dicht vor ihm gestanden wie heute, er hätte ihre grünen Augen mit den Bernsteinsprenkeln gar nicht genau sehen können. Auch nicht die langen Wimpern und die Sommersprossen. Aber das Grübchen im Kinn schon.

Ein Wunder kommt selten allein, denkt Samuel. Erst der Blaue Laufkäfer, dann Nicki und die Katzen. Heute bin ich nicht zögerlich gewesen. Doch dann fällt ihm ein, dass sie es war, die ihn angesprochen hat. Zum Glück. Er steht auf und geht noch einmal zum Fenster. Drüben in der Küche brennt Licht, aber von der Frau ist nichts zu sehen, obwohl sie den Rollladen nicht heruntergelassen hat. »Gute Nacht«, sagt Samuel leise und geht wieder ins Bett.

7. Der alte Streit oder Der Käfer liegt in seinem Puppenbett und wartet

Samuel hat seine Sparkuh geschlachtet und Geld eingesteckt, für Minkas Essen. Er hat ihr auch etwas zum Spielen mitgebracht, eine Maus aus Plastik, die quietscht, wenn man draufdrückt. Er ist vorhin extra noch mit dem Fahrrad zum Supermarkt gefahren und hat sie gekauft. Doch Minka schaut die Maus kaum an, sie leckt ihre Jungen.

Samuel ist ein bisschen enttäuscht, aber Nicki tröstet ihn. »So sind Katzenmütter. Wenn sie Junge haben, interessieren sie sich für nichts anderes.«

Samuel nimmt Weißpfote hoch, die schon geputzt ist, und hält sie so an sein Gesicht, dass er ihre Atemzüge an seinen Lippen spürt. Er schaut zu, wie Minka Weißbrust mit der Pfote auf den Rücken dreht und ihren rosafarbenen Bauch leckt.

»Komisch«, sagt er, »dass man es Katzenwäsche nennt, wenn jemand sich nicht richtig wäscht. Minka wäscht ihre Kinder sehr, sehr gründlich.«

Nicki nickt. Sie hat Weißohr auf dem Schoß und streichelt die winzigen Pfoten. Dem Kätzchen scheint das zu gefallen. Es spreizt die Zehen, dass die kleinen Krallen sichtbar werden. Die rosafarbenen Ballen auf den Fußsohlen sehen aus wie winzige Samtkissen. Weißohr rollt die Pfoten ein, spreizt sie wieder, rollt sie ein.

Eine Weile lang schmusen sie mit den Kätzchen und mit Minka, die jetzt sogar ein paarmal die Spielzeugmaus anschubst. Dann wollen die Kleinen schon wieder trinken. Sie schauen ihnen zu. »Ich finde Weißohr besonders süß«, sagt Nicki. »Sie sieht aus wie ein Clown mit dieser weißen Maske und dem weißen linken Ohr.«

Samuel nickt. »Und mit der weißen Schwanzspitze, genau wie Weißpfote.« Dann fragt er: »Woher weißt du denn, dass alle drei Mädchen sind?«

»Weiß ich doch gar nicht«, sagt Nicki. »Ich tu nur so. Wenn ich es wüsste, hätte ich ihnen schon längst richtige Namen gegeben. Weißbrust, Weißohr und Weißpfote hört sich doch nach nichts an.«

»Warum schaust du nicht einfach nach?«, fragt Samuel.

»Hältst du mich für blöd oder was?«, sagt Nicki beleidigt. »Das hab ich längst getan, gleich nach ihrer Geburt. Aber es nützt nichts.« Sie nimmt Weißbrust hoch, die schon von der Zitze gerollt ist, dreht sie auf den Rücken und deutet auf die Stelle zwischen ihren Hinterbeinen. »Bei Menschen ist es viel einfacher. Oder kannst du erkennen, ob das Ding da ein Penis ist oder eine Scheide? Und bei den anderen beiden sieht es genauso aus.«

Samuel kann es wirklich nicht erkennen, aber er wirft auch nur einen kurzen Blick auf den Katzenbauch und senkt schnell den Kopf. Seltsam, dass Nicki solche Wörter einfach ausspricht. Er hätte das nicht getan, er findet es peinlich. Um das Thema zu wechseln, fragt er: »Wann machen sie eigentlich die Augen auf?«

»Keine Ahnung«, sagt Nicki.

Minka hat sich fast zu einem Kreis gebogen und leckt an Weißohr, die immer noch trinkt.

»Von wegen Katzenwäsche«, sagt Nicki. Sie nimmt Weißohr hoch, die inzwischen satt und sauber ist, und legt Weißbrust vor Minka hin, die sich sofort wieder an die Arbeit macht. Sie ist wirklich unermüdlich, wenn es um die Sauberkeit ihrer Kinder geht.

Samuel ist froh, dass er jetzt über etwas anderes sprechen kann. »Wieso weißt du das nicht? Schaffst dir Katzenbabys an und weißt nichts über sie?«

»Es sind meine ersten Katzenbabys«, protestiert Nicki.

»Na und?« Samuel spricht aufgebrachter, als er ist. »Es gibt schließlich Bücher. Da kann man alles nachschlagen. Warum gehst du nicht in die Bücherei und fragst?«

»Heute ist Samstag«, sagt Nicki und Samuel muss lachen.

»Du hast Minka schon seit zwei Wochen. Mir ist gar nicht aufgefallen, dass da immer Samstag war.«

Nicki runzelt die Stirn. Aber sie ist nicht lange beleidigt. »Steht in so einem Buch auch, wann die Kleinen etwas anderes zu essen bekommen?«

»Bestimmt«, sagt Samuel und schlägt vor, dass sie am Montag zusammen in die Bücherei gehen. Schließlich kennt er sich mit Büchern aus. Und mit Frau Oswald, der Bibliothekarin, hat er auch schon gesprochen, als er mit seiner Mutter in der Bücherei war und einen neuen Leseausweis bekommen hat.

Er schaut auf seine Armbanduhr. »Schon sechs«, sagt er. »Ich muss heim.«

»Kommst du morgen wieder?«, fragt Nicki.

Samuel zuckt mit den Schultern. »Weiß noch nicht.«

»Wenn ich nicht im Schuppen bin, kannst du ja bei uns klingeln«, sagt Nicki. »Zweimal kurz, dann wissen wir, dass es kein Fremder ist.«

Auf dem Heimweg denkt Samuel ununterbrochen: Ich kann bei ihr klingeln, ich kann bei ihr klingeln. Sie hat einfach gesagt, ich könnte bei ihr klingeln. Zweimal kurz, weil ich kein Fremder bin.

Am Abend kommt es wieder einmal zu einem Streit. Wie schon so oft. Und auch das Thema ist das gleiche wie schon so oft.

Samuel weiß nicht, wie der Streit angefangen hat. Er hat gegessen und dabei an alles Mögliche gedacht, an seine Käfer, an Minka und ihre Kinder, an Nicki und an Jakob, der tatsächlich gestern nach dem Sportunterricht mit ihm gesprochen hat. Über den Sportlehrer, der Metzger heißt und kurze, krumme Beine hat und trotzdem enorm schnell rennen kann. »Ich bin im Schwimmverein«, hat Jakob gesagt. »Im Fünfzig-Meter-Schwimmen bin ich der Schnellste von meiner Gruppe. Magst du nicht mal mitkommen?« Samuel hat nur »vielleicht« gesagt. Er kann sich unter einem Schwimmverein nicht viel vorstellen. Natürlich würde er Jakob gern einmal begleiten. Aber er bezweifelt, dass er gut genug schwimmen kann. Wahrscheinlich nicht. Deshalb wird er lieber nicht mit ihm hingehen, in diesen Schwimmverein.

Während er noch darüber nachdenkt, wie er seine Ablehnung begründen könnte, wird seine Mutter plötzlich laut.

»Ich habe keine Lust, mein ganzes Leben lang als Sprechstundenhilfe zu arbeiten.« Sie steht auf, räumt geräuschvoll das Geschirr vom Abendessen zusammen und trägt es in die Küche.

Als sie zurückkommt, sagt sie, diesmal mit fast normaler Stimme: »Es wird langsam Zeit, dass ich an mich denke. Irgendwann muss ich doch auch mal an der Reihe sein.«

»Du kannst wirklich noch ein paar Jahre warten«, sagt der Vater. »Es eilt doch nicht. Dann ist Sami aus dem Gröbsten raus, und dann …«

Jetzt wird die Mutter wieder lauter. »Warten, warten, immer soll ich nur warten. Ich bin bald fünfunddreißig. Wie lange soll ich denn noch warten? Soll ich etwa zusammen mit meinen Enkeln studieren?«

»Beruhige dich, bitte«, sagt der Vater. »Wir können doch über alles sprechen. Nur noch zwei, drei Jahre, dann …«

Die Mutter geht zum Schrank, gießt sich ein Glas Wein ein und nimmt einen langen Schluck. »Ja, sprechen und vertrösten. Es sind immer die äußeren Zwänge. Aber ich habe mich lange genug gefügt. Und lange genug gearbeitet habe ich auch. Ich will nicht mehr warten, auch keine zwei, drei Jahre. Dann könnte es für mich zu spät sein.«

»Du brauchst jetzt nicht mehr zu arbeiten, wenn du nicht willst«, sagt der Vater. »Mein Gehalt reicht uns.«

Die Mutter nimmt noch einen Schluck. »Du glaubst doch nicht im Ernst, dass ich immer zu Hause sein will?« Ihre Stimme fängt an zu zittern. »Oder hast du vergessen, dass meine Abiturnote besser war als deine? Viel besser. Wenn ich damals nicht gleich schwanger geworden wäre …«

Pauline springt auf. »Und wenn du nicht gleich ein Kind bekommen hättest, mich nämlich. Aber ich habe nicht darum gebeten, auf die Welt zu kommen, dass du's nur weißt.« Sie rennt aus dem Zimmer, die Treppe hinauf. Dann hört man ihre Tür knallen.

Die Mutter fängt an zu weinen. »Wir sollten uns nicht vor den Kindern streiten«, sagt sie.

Die Stimme des Vaters klingt vorwurfsvoll, als er sagt: »Du fängst ja immer wieder damit an.«

»Ach ja?«, sagt die Mutter, genau in dem Ton, in dem Anna es sagt, nur hört es sich bei ihr jetzt giftiger an. »Soll ich etwa warten, bis sich der Herr dazu herablässt, auch mal an seine Frau zu denken?«

Samuel schiebt langsam seinen Stuhl zurück und schleicht sich unauffällig aus dem Zimmer.

Aber die beiden haben offenbar gar nicht bemerkt, dass er weggegangen ist. Ihre Stimmen begleiten ihn die Treppe hinauf.

Er geht in sein Zimmer und legt sich aufs Bett. Es gibt doch einen Unterschied zwischen einem Streit im alten Haus und einem im neuen. Früher, in der Wohnung am Nordpark, waren ihre Zimmer so nah beieinander, dass er auch gegen seinen Willen alles gehört hat. Er hat sich dann immer die Ohren zugehalten. Hier liegt ein Stockwerk zwischen ihm und seinen streitenden Eltern. Er kann ihre Stimmen zwar hören, manchmal lauter, manchmal leiser, aber er versteht nicht mehr, was sie sagen. Das will er auch nicht. Es macht ihm Angst. Angst davor, dass sie sich vielleicht scheiden lassen könnten. Scheidung ist das Schlimmste, was er sich vorstellen kann.

Er denkt an Tamara aus der alten Klasse. Ihre Eltern haben sich scheiden lassen. Einmal hat Samuel seinen ganzen Mut zusammengenommen und sie gefragt, wie das ist. »Ach, so schlimm nun auch wieder nicht«, hat sie gesagt. »Jedenfalls nicht mehr so schlimm wie früher, da haben sie immer nur miteinander gezankt. Das ist jetzt viel besser.« Samuel hat ihr kein Wort geglaubt. Auch wenn er ihr gern geglaubt hätte.

Die Stimmen unten werden wieder lauter. Samuel legt sich auf den Bauch und zieht das Kopfkissen über sich. Bei Käfern ist alles anders, denkt er. Die leben nicht zusammen. Die legen Eier. Aus einem Ei schlüpft eine Larve. Die Larve häutet sich ein paarmal, und jedes Mal wird sie ein bisschen größer, bis sie groß genug ist, um sich zu verpuppen.

Das findet Samuel am schwersten zu verstehen, die Puppenruhe. Wochenlang liegt die Puppe einfach nur herum, meistens unter der Erde, und bewegt sich nicht. Von außen passiert nichts, nur von innen. Da verwandelt sich die frühere Larve in einen Käfer. Und erst, wenn diese Entwicklung abgeschlossen ist, schlüpft der fertige Käfer aus der Puppe. Käfer kennen ihre Eltern nicht, auch keine Geschwister. Sie entwickeln sich ganz allein für sich, niemand füttert sie, niemand kümmert sich um sie. Es macht Samuel ganz traurig, wenn er daran denkt.

Trotzdem würde er manchmal gern mit einem Käfer tauschen. Jetzt zum Beispiel. Wenn er jetzt eine Puppe wäre, könnte er beruhigt daliegen und warten, bis seine Hülle anfangen würde zu knacken. Da könnten ihm die lauten Stimmen von unten egal sein.

Er versucht sich nicht zu bewegen. Aber so leicht ist das gar nicht. Es juckt ihn in der rechten Kniekehle. Und dann am Ohr und in der Nase. Sein T-Shirt ist verrutscht und spannt unter der Achsel. Fühlen Käferpuppen eigentlich etwas?

Irgendwann muss er pinkeln. Unten ist es ruhiger geworden und aus Paulines Zimmer dringt Musik. Samuel zieht sich aus und geht ins Bett.

Der Käfer liegt in seinem Puppenbett und wartet. Außer Warten kennt er nichts. Er erinnert sich nicht mehr daran, dass er eine Larve gewesen ist. Und er weiß auch nicht, was er jetzt ist oder was er sein wird, er fühlt nur, dass die Erde kühl und feucht ist und dass ihm seine Hülle immer enger wird. So eng, dass sie ihn fast erdrückt. Er wartet, bis seine Hülle knistert und knackt, und schlüpft hinaus. Die Erde um ihn herum ist jetzt noch kühler. Wieder muss er warten. So lange, bis die Erde warm wird, das weiß er. Auch wenn er nicht weiß, woher. Die Erde wird noch kälter, dann erwärmt sie sich langsam. Und irgendwann spürt er, dass es jetzt an der Zeit ist, nach oben zu kriechen. Er muss sich einen Weg durch die feuchte Erde bahnen, hinauf ins Unbekannte. Er hat keine Angst, denn er weiß nicht, was Angst ist. Und auch keine Freude, denn er weiß auch nicht, was Freude ist. Er spürt nur, dass es ihn aufwärts treibt. Die Erde wird lockerer, seine Augen, die bisher nur Dunkelheit gesehen haben, werden von etwas getroffen, das er nicht kennt. Dieses Etwas wird immer stärker. Es ist eine neue Empfindung, anders als der Druck der Erde. Es ist das Licht. Die Sonne.

Bevor er die Augen aufmacht, merkt Samuel, dass es hell ist. Ungewöhnlich hell. Es dauert eine ganze Weile, bis er wieder weiß, wer er ist und wo er ist. Und dann sieht er, dass er gestern Abend vergessen hat, den Rollladen herunterzulassen oder wenigstens den Vorhang vorzuziehen. Es riecht nach Ciabattabrötchen. Also ist Sonntag.

Noch halb schlafend steht er auf und geht zum Fenster. Die Frau mit den grauen Locken und der runden Brille steht in ihrem Garten und macht etwas an den Rosenstämmen neben den Forsythien, die jetzt schon ganz grün sind.

Als sie den Kopf hebt und ihn sieht, winkt er ihr zu. Sie lacht und winkt zurück.

Samuel zieht sich an und geht hinunter in die Küche.

Dort sitzen die Mutter und Pauline am alten Tisch, so wie früher. Es gibt heute also kein gemeinsames Frühstück. Die beiden unterhalten sich, es ist kein Streit. Das hat Samuel schon an ihren Stimmen gehört, als er noch auf der Treppe war. Der Vater schläft offenbar noch.

»Sami, Schatz«, sagt die Mutter, während sie einen Teller und eine Tasse für ihn aus dem Schrank holt. »Tut mir Leid, dass es gestern mal wieder laut geworden ist. Hast du Angst gehabt?«

Samuel schüttelt den Kopf. Er weiß, dass er lügt oder wenigstens nicht die Wahrheit sagt. Aber er will seiner Mutter kein schlechtes Gewissen machen, es ist sowieso schon schlimm genug.

Er setzt sich an den Tisch, die Mutter gießt ihm Milch ein und schneidet ein Brötchen für ihn durch und Pauline schiebt ihm Butter und Honig zu.

»Ich habe von Käfern geträumt«, sagt er.

»Natürlich«, sagt Pauline. Nur das eine Wort, aber Samuel hört den Spott in ihrer Stimme. »Mein kleiner Bruder, der Käferfreak«, sagt sie noch. Diesmal klingt ihre Stimme nicht spöttisch. Sie streckt die Hand aus und streicht über seinen Arm. »Ist schon gut, Sami.«

Er zieht seinen Arm weg. »Und meine Schwester, der Computerfreak«, sagt er böse.

»Er hat ja Recht«, sagt die Mutter. »Du hast deinen

Computer, er hat seine Käfer, Papa hat seine Arbeit, und wenn er mal Zeit hat, pflegt er seine Münzsammlung. Nur ich habe nichts.«

Sie stützt die Ellenbogen auf den Tisch und versteckt das Gesicht in den Händen. Sami würde gerne sagen: Du hast doch uns. Aber irgendwie weiß er, dass sie etwas anderes meint. Deshalb hält er den Mund.

Auch Pauline sagt nichts. Sie macht ein unglückliches Gesicht, und als Samuel sie anschaut, hebt sie die Augenbrauen und zuckt mit den Schultern.

»Ich habe die Arbeit und den Haushalt und den Haushalt und die Arbeit«, sagt die Mutter zu ihrem Frühstücksteller. »Und egal, was ich mache, nichts mache ich gut genug. Und mein Kopf wird leerer und leerer. Ich habe das Gefühl, immer nur zu strampeln, von morgens bis abends, das ist das Einzige …«

Sie schweigt wieder.

»Du kennst doch die Geschichte vom Frosch im Milcheimer«, sagt Pauline.

Die Mutter hebt den Kopf und verzieht den Mund. Aber es ist kein Lächeln, auch wenn es so aussehen soll. »Ja«, sagt sie, »ich kenne die Geschichte. Nur bin ich dafür zu müde, viel zu müde.«

Nach dem Frühstück sagt Samuel, er wolle ein bisschen hinausgehen. Seine Mutter nickt nur.

Unterwegs zum Ahornweg gibt sich Samuel Mühe, an etwas anderes zu denken, nämlich: Wenn Nicki nicht im Schuppen ist, werde ich klingeln. Sie hat ja gesagt, ich soll einfach klingeln. Zweimal kurz, damit sie weiß, dass ich kein Fremder bin.

8. Hobbys oder
Mit einem Maikäfer hat alles angefangen

Samuel sitzt in der Schule und langweilt sich, wie so oft. Er schaut aus dem Fenster, betrachtet die blühende Kastanie und beobachtet einen Vogel, der auf einem Zweig sitzt und wippt. Aus dem Augenwinkel sieht er, dass Frau Herzberg einen Diaprojektor aufstellt, aber es interessiert ihn nicht besonders. Er denkt an Anna, mit der er gestern lange telefoniert hat. Sie hat von einem neuen Patienten erzählt, einem Biologieprofessor von der Universität. Der hat gefragt, ob sich Samuel nicht auch für Schmetterlinge interessiere. Er zum Beispiel finde Nachtfalter ziemlich spannend. Das kann sich Samuel kaum vorstellen. Sie sind so unscheinbar. Eigentlich fallen sie einem nur auf, wenn sie einen abends im Zimmer stören, weil sie herumflattern und sich nicht aus dem Fenster jagen lassen. Oder wenn sie in eine brennende Kerze fliegen. Wie gestern Abend. Sie haben auf der Terrasse gesessen und hatten eine Kerze angezündet. Da ist ein kleiner Nachtfalter direkt in die Flamme geflogen. Seine Mutter hat die Kerze ausgeblasen und schnell das große Licht angemacht. »Dann fliegen sie wenigstens nur gegen den Lampenschirm und sind nicht gleich tot«, hat sie gesagt.

Darüber denkt Samuel nach, als Frau Herzberg ein Dia einlegt und auf der Leinwand plötzlich ein brauner Käfer erscheint, mit schwarzem Halsschild und hübschen Lamellenfächern am Ende der geknickten Fühler und mit Längsrippen auf den Flügeldecken.

»Nun, was ist das?«, fragt Frau Herzberg.

»Ein Maikäfer«, sagt Vanessa. »Ich habe gestern einen gefunden.«

»Einen toten?«, fragt Samuel interessiert.

Vanessa dreht sich zu ihm um. »Einen lebendigen natürlich, einen toten hätte ich nicht angefasst. Meine Mutter hat gesagt, früher hätten sie immer so viele Maikäfer gefunden, dass sie Wettrennen mit ihnen gespielt haben. Aber heute findet man sie nicht mehr so oft.«

»Das stimmt«, sagt Frau Herzberg. »Doch bevor wir weiter über Käfer sprechen, möchte ich euch noch ein paar zeigen, die ihr vielleicht kennt.« Sie legt ein zweites Dia ein.

Diesmal ist der Käfer fast kreisrund, mit schwarzem Kopf und schwarzem Halsschild und mit schwarzen Flecken auf den ziegelroten Flügeldecken.

»Das ist ein Marienkäfer«, sagt Jakob. »Die finde ich besonders hübsch. Und außerdem sind sie nützlich, sie fressen Blattläuse.«

»Und wenn man einen findet«, sagt Isabella, »muss man die Punkte zählen, dann weiß man, wie viele Kinder man später mal bekommt.«

»So ein Schwachsinn«, sagt Torsten verächtlich.

Und Samuel sagt: »Dann würde man ja fast nur zwei, sieben oder zwanzig Kinder bekommen. Es sind einfach verschiedene Arten. Der da ist ein Siebenpunkt.«

Frau Herzberg wechselt das Bild.

»Das ist ein Hirschkäfer«, ruft Samuel. »Ein Männchen. Man erkennt es an den Oberkiefern, die wie ein Geweih aussehen. Weibchen haben die nicht. Außerdem ist es ein ziemlich großer Käfer.«

Auch die nächsten Käfer erkennt er, den Gemeinen Mistkäfer, den Kartoffelkäfer, den Totengräber.

Frau Herzberg schaltet das Gerät aus. »Du kennst aber viele Käfer, Samuel«, sagt sie.

Samuel merkt auf einmal, dass alle ihn anschauen. Das macht ihn verlegen. »Ich sammle Käfer«, sagt er leise und starrt vor sich auf den Tisch.

»Das ist ja etwas ganz Besonderes«, sagt Frau Herzberg erstaunt. »Wie bist du denn darauf gekommen?«

Samuel fängt nur widerwillig an zu erzählen. Aber dann macht es ihm Spaß, weil Frau Herzberg ihn mit ihren braunen Antilopenaugen gespannt anschaut. »Eigentlich zufällig«, sagt er. »Es hat mit einem toten Maikäfer angefangen, den habe ich im Park unter einer Buche gefunden. Ich habe damals Steine gesammelt, aber das hat mir eigentlich keinen Spaß mehr gemacht. Deshalb hatte ich schon längere Zeit überlegt, ob ich nicht lieber was anderes sammeln sollte, mir ist nur nichts eingefallen. Da habe ich den Käfer betrachtet und fand ihn ganz schön. Also habe ich mit Käfern angefangen.«

»Und wie ging es weiter?«, fragt Frau Herzberg. Ihre Stimme klingt so bewundernd und ermutigend wie Carlottas, wenn er ihr etwas erzählt. »Hat dir jemand alles über Käfer beigebracht?«

»Nein«, sagt Samuel. »Ich bin einfach in die Bibliothek gegangen und habe mir Bücher über Insekten ausgeliehen. Und wenn man schon mal was weiß, kommt eines zum anderen und man findet alles noch viel interessanter.«

Samuel erzählt von seiner Sammlung und beschreibt die Käfer, die er schon hat. »Ich bin nicht wirklich gut«, sagt er. Denn erstens will er sich nicht aufspielen, weil niemand Angeber besonders gut leiden kann, und zweitens stimmt es auch. »Bis jetzt habe ich immer nur große Käfer gefunden. Dabei gibt es noch viel mehr kleine, die nicht mal einen Zentimeter groß sind.« Und dann sagt er sogar, dass er die ganze Zeit nach einem Hirschkäfer sucht.

Und während er redet, wundert er sich, dass niemand lacht oder »Streber« sagt oder sonst etwas Blödes. Im Gegenteil, alle hören ihm zu und Jakob sagt: »Zeig sie uns doch mal, deine Käfer.«

»Ja«, sagt Frau Herzberg. »Magst du nicht morgen deine Sammlung mitbringen?«

Samuel nickt. Auch wenn er nicht weiß, ob er es wirklich will. Außerhalb der Familie hat er sie noch nie gezeigt. Auf einmal zweifelt er auch, ob er die Käfer wirklich so schön gemalt hat, wie er sich immer einbildet.

Dann reden sie plötzlich nicht mehr über Käfer, sondern über Sammeln. Und über Hobbys. Die meisten sammeln Stickers oder Bilder von Popstars und solche Sachen. Oder Briefmarken. Carlo sagt, er sammle Muscheln. Und als Torsten einwendet, die gäbe es doch nur am Meer, sagt Carlo: »Ich bin in den Ferien immer am Meer. In Italien. Bei meinen Großeltern und bei meinen Onkeln und Tanten. Und dann sammle ich Muscheln. Aber nur besonders interessante. Ich habe schon ein paar Schuhschachteln voll.« Ein paar Jungen geben an, ihr Hobby sei Fußball. Jakob sagt: »Ich mag Fußball auch. Aber noch lieber male ich. Ich habe zum Geburtstag einen großen Kasten Temperafarben bekommen, mit vierundzwanzig Tuben. Und eine Staffelei.« Katharina, das schönste Mädchen der Klasse, erklärt, ihr Hobby sei Ballett. »Außerdem mache ich noch Gymnastik«, sagt sie, »aber sonst nichts.« Vanessa liebt Bücher und Kerstin träumt von Pferden. Wenn ihre Eltern genug Geld für Reitstunden hätten, wären Pferde ihr Hobby. Einstweilen sammelt sie Pferdebilder.

Samuel hört verblüfft zu. Er ist also nicht der Einzige, der etwas für sich allein hat, etwas Eigenes, an das er vor dem Einschlafen denken kann. Neugierig betrachtet er die anderen. In den Pausen spielen sie Fangen oder Springseil, sie toben, raufen, schreien, lachen, alles Mögliche eben. Und wenn er, Samuel, an einem Baumstamm lehnt und sie beobachtet, hat er immer das Gefühl, sie seien sich alle sehr ähnlich. Dann fühlt er sich fremd und ziemlich allein. Doch jetzt denkt er: Vielleicht sind sie in Wirklichkeit ja ganz anders. Seltsam. Dass Vanessa als Hobby Lesen genannt hat, wundert ihn eigentlich nicht. Aber Jakob? Natürlich hat Samuel gemerkt, dass Jakob gerne malt, nicht nur auf seine Jeans. Und er malt auch gut. Doch auf einmal sieht er ihn vor sich, wie er vor einer Staffelei steht, einen Pinsel in der Hand, wie ein richtiger Maler. Ein ganz anderer Jakob.

Daran denkt er auch, als er in der großen Pause neben ihm hergeht. Beide essen ihr Pausenbrot. Als sie an Nicki vorbeikommen, die mit ein paar anderen Mädchen zusammensteht, hebt Samuel die Hand und winkt ihr zu. Zum ersten Mal. Sie lacht erstaunt und winkt zurück.

Sonst hat Samuel in den Pausen immer so getan, als würde er sie gar nicht kennen. Warum? Das weiß er nicht so genau. Vorsichtshalber. Er kann sich einfach zu gut daran erinnern, wie es im letzten Jahr war, als Sarah neu in die Klasse gekommen ist. Eine Weile war er in der Pause mit ihr zusammen gewesen, aber die anderen hatten nur blöde Bemerkungen gemacht und ihnen Sachen nachgeschrien wie: Verliebt, verlobt, verheiratet. Vor allem die Jungen. Deshalb war Samuel fast erleichtert, als Sarah sich mit Tami und Kathrin anfreundete und er wieder allein war.

»Du kennst Nicki?«, fragt Jakob.

Samuel nickt.

»Sie ist okay«, sagt Jakob. »Für ein Mädchen.«

»Nicht nur für ein Mädchen«, widerspricht Samuel. Fast hätte er gesagt, dass er Mädchen mag, und ganz besonders Nicki. Aber er tut es nicht. Wer weiß, was Jakob dann von ihm denkt. Stattdessen fragt er: »Was für Bilder malst du eigentlich?«

Jakob wischt mit der Hand durch die Luft. »Ach, alles Mögliche. Tiere im Urwald oder in der Wüste, Vögel, Affen, Löwen und Tiger. Und Zirkusartisten und so.«

»Klingt spannend«, sagt Samuel. »Darf ich deine Bilder mal sehen?«

»Von mir aus«, sagt Jakob gleichgültig.

Aber Samuel hört an seiner Stimme, dass er nicht so

gleichgültig ist, wie er tut. Vor allem, als Jakob etwas zu schnell fragt: »Heute Nachmittag?«

»Heute Nachmittag kann ich nicht«, sagt Samuel bedauernd.

»Dann eben ein andermal.«

Jakobs Stimme ist nicht anzuhören, ob er gekränkt ist.

An diesem Tag muss sich Samuel das Mittagessen selbst warm machen, seine Mutter hat ihm schon morgens gesagt, dass sie nicht da sein wird. Er schiebt den Gemüseeintopf, den sie ihm hingestellt hat, in die Mikrowelle. Nach dem Essen holt er sich ein Eis aus dem Kühlschrank und macht sich auf den Weg zur Bücherei.

Nicki wartet schon auf ihn, genau da, wo sonst oft der Geigenspieler steht. Heute ist er nicht da.

»Und du warst wirklich noch nie in der Bücherei?«, fragt Samuel ein bisschen ungläubig. Er kann sich das einfach nicht vorstellen.

»Nein«, sagt Nicki. »Nur einmal zu einer Führung, mit der Schule.« Dann fügt sie schnell, als müsse sie sich entschuldigen, hinzu: »Aber du brauchst nicht zu denken, dass ich nie lese. Meine Schwester hat sehr viele Bücher, die habe ich noch gar nicht alle durch.«

Sie gehen hinein. Frau Oswald freut sich, dass Samuel eine neue Leserin mitgebracht hat, und zeigt ihnen das Regal, in dem Bücher über Hunde und Katzen und andere Haustiere stehen. Samuel und Nicki blättern die Katzenbücher durch und entscheiden sich für zwei, die Samuel auf seinen Ausweis ausleiht. Nicki bekommt ein Anmeldeformular mit nach Hause, das müssen ihre Eltern unterschreiben.

Bevor sie zu Minka und den Kleinen gehen, kaufen sie noch zwei Dosen Katzenfutter und Leckerli *für die anspruchsvolle Katze.* Steht auf der Schachtel, unter einem schwarzen Katzenkopf.

Minka scheint aber nicht anspruchsvoll zu sein. Sie beschnuppert die Leckerli, schiebt sie mit der Pfote ein bisschen herum und legt sich dann wieder zu ihren Jungen.

Samuel und Nicki sitzen neben ihr auf der Decke und betrachten die Fotos in den beiden Büchern. Nicki ist ganz hingerissen, und Samuel sagt erstaunt: »Ich habe gar nicht gewusst, dass Katzen so verschieden aussehen können. Und dass es so viele Rassen gibt. Schau mal.« Er deutet auf eine Angorakatze.

»Meine Güte, was für Haare«, sagt Nicki. »Da würde meine Schwester schon nach Luft schnappen, wenn sie nur das Foto sieht.«

Gegen fünf geht Samuel nach Hause, er hat seine Hausaufgaben noch nicht gemacht. Und das ist seiner Mutter sehr wichtig, darauf achtet sie.

Doch an diesem Tag nicht. An diesem Tag ist alles anders.

Seine Mutter sitzt im Wohnzimmer auf dem Sofa, davor steht der große Koffer, den sie sonst nur nehmen, wenn sie nach Italien fahren.

Neben ihr sitzt Pauline, mit roten Augen, als hätte sie geheult. Das macht Samuel stutzig, denn Pauline weint selten. Viel seltener als er.

»Ich habe auf dich gewartet, Sami«, sagt die Mutter. »Ich will dir auf Wiedersehen sagen, ich fahre für eine Weile weg. Papa weiß Bescheid, ich habe ihn angerufen.«

»Wohin fährst du?«, fragt Samuel erstaunt. Er versteht es nicht, es hat doch niemand etwas von einer Reise gesagt. Aber vielleicht hat er es auch überhört. Es passiert ihm oft, dass er etwas nicht mitkriegt und sich dann wundert.

»Irgendwohin«, sagt die Mutter.

»Und warum?«, fragt er.

Die Mutter zieht die Augenbrauen hoch und zuckt mit den Schultern, beides gleichzeitig, und sagt, sie brauche ein bisschen Abstand. Sie müsse dringend zur Ruhe kommen. Deshalb sei es ganz wichtig, dass sie wegfahre.

»Aber wohin? Du musst uns doch sagen, wohin du fährst, damit wir dich anrufen können.«

Die Mutter schüttelt den Kopf. »Ich will nicht angerufen werden, auf keinen Fall. Ich muss mal eine Weile für mich allein sein. Bildet euch doch einfach ein, ich wäre wieder zur Kur, wie vor zwei Jahren. Ich werde euch jeden Abend anrufen, zwischen halb sieben und sieben. Und wenn etwas ist, kannst du mir ja eine SMS schicken, Pauline. Aber ich mache mein Handy nur zwei-, dreimal am Tag an, um nachzuschauen. Ihr braucht also gar nicht zu versuchen, mich anzurufen. Und die Mobilbox schalte ich aus.«

Pauline nickt.

»Und was sollen wir essen?«, fragt Samuel.

»Für heute Abend steht Kartoffelsalat in der Küche. Macht euch Würstchen dazu. Und der Gemüseeintopf reicht noch für morgen Mittag. Danach müsst ihr euch selbst darum kümmern. Ihr kommt schon zurecht, andere können das ja auch.« Sie schweigt, dann fügt sie hinzu: »Wenn nicht, muss Papa eben eine Haushaltshilfe suchen. Sehr viel mehr bin ich sowieso nicht.«

Sie macht ein so bitteres Gesicht, dass Samuel sich nicht traut, noch etwas zu sagen.

»Und was ist mit deiner Arbeit?«, fragt Pauline. Man hört ihrer Stimme noch an, dass sie geweint hat.

»Ich habe Urlaub genommen.«

»Und bekommen, obwohl du erst angefangen hast?«

Die Mutter zuckt mit den Schultern. Ohne auf die Frage zu antworten, steht sie auf, umarmt Samuel und flüstert ihm ins Ohr: »Mach dir keine Sorgen, so schlimm ist es nicht.«

Aber es ist schlimm, Samuel weiß es. Vor allem, als Pauline sich an die Mutter klammert und sie nicht loslassen will.

Die Mutter geht trotzdem. Sie nimmt ihren Koffer und macht die Haustür auf.

Samuel und Pauline begleiten sie noch zum Parkplatz, wo ihr kleines, rotes Auto steht, das früher dem Vater gehört hat.

»Und wann kommst du wieder?«, fragt Pauline, als die Mutter schon im Auto sitzt.

»Das weiß ich noch nicht«, sagt sie. »Es wird schon alles gut werden, seid nicht traurig.« Dann macht sie die Autotür zu und fährt los.

Hand in Hand stehen Samuel und Pauline da und schauen ihrer Mutter nach, die in Richtung Hauptstraße davonfährt.

Samuel würde gern etwas sagen, noch lieber etwas fragen, und am liebsten würde er weinen und sich an Pauline kuscheln. Aber Pauline sieht so verschlossen aus, dass er es nicht tut. Stattdessen geht er in sein Zimmer und macht Hausaufgaben, auch wenn die Gedanken in seinem Kopf verrückt spielen und Purzelbäume schlagen und er ziemlich lange braucht, bis er die Textaufgaben überhaupt verstanden hat.

An diesem Abend kommt der Vater früher als sonst von der Arbeit nach Hause und tut, als wäre alles ganz normal.

»Mama braucht ein bisschen Urlaub von der Familie«, sagt er betont fröhlich. »Komm, Pauline, wir gehen in die Küche und machen die Würstchen warm. Sami, du kannst schon mal den Tisch decken.«

Samuel beruhigt sich. Wenn Papa es nicht schlimm findet, ist es vielleicht wirklich nicht so schlimm, denkt er. Er möchte es so gerne glauben.

Viel Appetit hat er allerdings nicht, obwohl Kartoffelsalat und Würstchen eigentlich zu seinen Lieblingsspeisen gehören. Auch Pauline stochert mehr im Kartoffelsalat herum, als dass sie isst, und dann legt sie ihr angebissenes Würstchen auf den Teller zurück und sagt: »Ich bin schon satt, ich kann nicht mehr.«

Der Vater sticht, ohne etwas zu sagen, seine Gabel in Paulines Würstchen und legt es auf seinen Teller. Das tut er immer, aber diesmal sagt keiner: »Papa, unser Lieblingshausschwein.«

Gleich nach dem Essen geht Samuel ins Bad. Er duscht lange. Das warme Wasser und das gleichmäßige Rauschen beruhigen ihn. Dann putzt er sich die Zähne, obwohl ihn heute niemand fragen wird, ob er sich die Zähne auch richtig geputzt hat, und geht ins Bett. Aber er kann nicht einschlafen.

Er denkt an seine Mutter und daran, wie es vor zwei Jahren war, und warum er es diesmal viel schlimmer findet.

Nicht nur, weil Mama so plötzlich weggegangen ist. Hals über Kopf ist sie weg, denkt er. Damals hat er vorher gewusst, dass sie wegfahren würde. Er wusste auch, wohin und dass sie in genau vier Wochen wiederkommen würde. Vor allem hat er gewusst, warum sie wegfuhr, nämlich weil sie krank gewesen war. Sie war operiert worden und musste sich erholen. Das hat er verstanden. Aber er weiß auch noch, dass die vier Wochen sehr schwer gewesen waren. Pauline und Papa haben oft gestritten und beide haben ihre schlechte Laune an Samuel ausgelassen. Er hat die ganze Zeit nicht mehr daran gedacht, doch jetzt fällt ihm alles wieder ein. Leider. Er hat keine Lust, sich daran zu erinnern.

Die Tür geht auf, Pauline kommt herein. »Hast du dir die Zähne auch richtig geputzt, Sami?«, fragt sie.

Und dann legt sie sich neben ihn und nimmt ihn fest in den Arm.

9. Experten oder
So viel geküsst hat sie ihn früher nie

Am nächsten Tag ist es Pauline, die ihn weckt. Er will nicht aufwachen. Im Halbschlaf spürt er, dass es heute einen Grund gibt, einfach weiterzuschlafen. Diesen Tag und die nächsten Tage im Bett zu bleiben. Nichts zu sehen, nichts zu hören, nichts zu wissen. Wie ein Käfer im Puppenstadium.

Aber Pauline lässt nicht locker. Sie schüttelt ihn und zieht ihm die Decke weg und schüttelt ihn wieder, so lange, bis ihm nichts anderes übrig bleibt, als die Augen aufzumachen.

»Sami«, sagt sie, »es ist jetzt Viertel vor sieben, du musst aufstehen. Papa bringt mich zur S-Bahn und fährt dann gleich zur Arbeit. Du musst heute selber schauen, dass du rechtzeitig zur Schule kommst. Es ist Dienstag, ich habe Informatik, deshalb bin ich erst um Viertel nach vier wieder da. Dann gehen wir zusammen einkaufen, ja? Mach's gut, Kleiner, und sei brav. Vergiss dein Pausenbrot nicht. Und nimm den Hausschlüssel mit.« Sie gibt ihm einen Kuss, wuschelt ihm durch die Haare, wie Mama das immer tut, und ist auch schon verschwunden.

Samuel braucht einen Moment, bevor ihm alles wieder einfällt. Doch dann springt er aus dem Bett. Er muss nicht nur schauen, dass er rechtzeitig zur Schule kommt, er muss auch noch seine Sammlung einpacken. Und den Ordner mit den Zeichnungen. Er kippt den Inhalt seines Turnbeutels auf den Boden und packt die Sammlung hinein. Gut, dass er die Schachtel mit dem Blauen Laufkäfer inzwischen bemalt und beschriftet hat. Die Zeichnung ist ihm nämlich besonders gut gelungen, findet er. Der Ordner kommt in seinen Ranzen.

Dann geht er ins Bad. Der Haken, an dem sonst der rote Bademantel seiner Mutter hängt, ist leer. Und im Zahnputzglas der Eltern steht nur noch die blaue Zahnbürste des Vaters. Eine einsame, traurige Zahnbürste.

Samuel zieht sich an und geht hinunter in die Küche. Das Haus, an das er sich gerade ein bisschen gewöhnt hat, ist ihm ohne seine Mutter wieder so fremd wie am Anfang. Und leer. Schrecklich leer. Niemand, der sagt: Guten Morgen, Sami, wie hast du geschlafen? Hast du was Schönes geträumt? Niemand, der ihm einen Kuss gibt. Und niemand, der für ihn den Frühstückstisch deckt.

Nicht dass er das nicht allein könnte.

Die Teller und Tassen stehen oben im Küchenschrank,

das Besteck liegt in der Schublade, das Brot im Brotkasten. Der Honig und das Pulver für die Himbeermilch stehen auf der Anrichte und die Milch und die Butter im Kühlschrank. Das »Plopp«, mit dem die Kühlschranktür zufällt, klingt so laut in dem leeren Haus, dass er erschrocken zusammenfährt.

Es ist nicht das erste Mal, dass er sich ein Brot abschneidet, auch wenn ihm die Scheibe diesmal an der einen Seite zu dick gerät. Und die Himbeermilch wird zu süß. »Dir kann man es aber auch nie recht machen, Sami«, sagt er laut. »Bestimmt hast du nicht aufgepasst und bist mit dem linken Fuß zuerst aufgestanden.«

Das nützt aber nichts, die Küche bleibt leer. Deshalb geht er mit dem Brot in der Hand hinüber ins Wohnzimmer und stellt sich ans Fenster. Irgendwie hat er gehofft, die Frau von gegenüber zu sehen. Er würde ihr jetzt gern zuwinken, um nicht an seine Mutter denken zu müssen. Aber das Küchenfenster, hinter dem das Aquarium steht, ist dunkel. Der Rollladen ist heruntergelassen. Nur im Zimmer darüber, im ersten Stock, dringt Licht durch die Ritzen des Rollladens. Die Forsythien sind jetzt ganz verblüht, nur noch ein paar kleine gelbe Flecken erinnern an sie.

In diesem Moment wird der Rollladen hochgezogen, die beiden Fensterflügel klappen auf und die Frau schaut heraus. Sie hat ein rosafarbenes Nachthemd an. Ihr Kopf bewegt sich hin und her, und dann entdeckt sie Samuel, obwohl sie ihre Brille noch nicht aufhat. Sie winkt ihm zu und er winkt erleichtert zurück.

Dann schaut er auf die Uhr. Zwanzig vor acht, er muss los. Er nimmt seinen Ranzen und den Turnbeutel und steckt den Hausschlüssel ein, der sonst am Haken rechts neben der Haustür hängt. Erst unterwegs fällt ihm ein, dass er sich kein Pausenbrot gemacht hat. Aber deswegen geht er nicht zurück. Erstens würde er dann zu spät kommen und zweitens ist er viel zu aufgeregt. Sie haben nämlich gleich in der ersten Stunde Sachkunde.

Es gongt gerade, als Samuel das Klassenzimmer betritt. Frau Herzberg ist schon da. Sie hat ein besonders hübsches Kleid an, gelb mit winzigen blauen Blümchen, und lächelt ihr Grübchenlächeln. »Nun, Samuel, hast du deine Käfer mitgebracht?«

Samuel nickt. Er bringt den Ranzen zu seinem Platz, holt seinen Käferordner heraus und geht mit dem Turnbeutel zu Frau Herzbergs Tisch. Dort legt er seine Schachteln nebeneinander und zieht sie auf, damit man die Käfer sieht und sie mit der Zeichnung vergleichen kann. So macht er es zu Hause auch, wenn er sie betrachten will.

»Oh«, sagt Frau Herzberg bewundernd. Und dann stürmen alle nach vorn und drängen sich um den Tisch. Samuel erschrickt. Seine Knie fühlen sich auf einmal ganz weich an und alles verschwimmt vor seinen Augen. Durch den Nebel schieben sich schwarze Spinnenfinger, greifen nach seinen Käfern, ziehen an Beinen und Fühlern, heben die Deckflügel an und probieren, ob das Halsschild zwischen Käferkopf und Käferkörper beweglich ist oder nicht. »Nein«, flüstert Samuel entsetzt und greift nach der Schachtel mit dem Kleinen Puppenräuber.

Aber Frau Herzberg legt ihm beruhigend die Hand auf die Schulter, der graue Nebel löst sich auf und mit ihm verschwinden auch die Spinnenfinger. »Alle hinsetzen«, sagt Frau Herzberg laut. »Samuel geht jetzt durch die Reihen und zeigt euch die Käfer. Und Hände weg, damit nichts kaputtgeht.«

So geschieht es. Samuel erzählt zu jedem Käfer, was das Besondere an ihm ist und wo er ihn gefunden hat. Zum Beispiel den Scharlachroten Feuerkäfer im Park, am Rand einer Wiese, und den Kleinen Puppenräuber auf einem Moospolster unter dem Ahornbaum, den er früher von seinem Zimmer aus gesehen hat. Aber nur den Rotbauchigen Laubschnellkäfer nimmt er aus der Schachtel und dreht ihn um, damit alle den rostroten Hinterleib sehen können, der ihm den Namen gegeben hat.

»Und warum heißt der Puppenräuber Puppenräuber?«, fragt Vanessa. »Das ist wirklich ein seltsamer Name. Er könnte noch nicht mal das kleinste Püppchen aus meiner Puppenküche klauen.«

Samuel lacht. »Mit Puppen zum Spielen hat das bestimmt nichts zu tun. Der Käfer lebt von Schmetterlingsraupen. Und Raupen und Maden sind das Stadium vor den Puppen.« Er stutzt, denkt kurz nach und sagt dann: »Eigentlich stimmt der Name dann ja nicht ganz. Er müsste Raupenräuber heißen. Oder Madenräuber.«

»Egal«, sagt Vanessa. »Puppenräuber hört sich jedenfalls viel schöner an.«

Samuel erzählt, wie aus den Eiern Raupen oder Maden werden, die sich dann mehrmals häuten müssen, weil ihre Haut beziehungsweise ihre Hülle nicht mitwachsen kann. Und erst, wenn die Raupe oder Made groß genug ist, tritt sie ins Puppenstadium. »Und das ist eigentlich besonders spannend«, sagt er. »Die Puppe liegt ganz still da, oft unter der Erde, und von außen ist ihr nichts anzusehen. Aber im Inneren verändert sie sich völlig, aus der Raupe wird ein Käfer. Und wenn der aus der Puppe schlüpft, ist alles dran, Kopf, Fühler, Beine, Flügel, einfach alles. Er hat schon seine richtige Größe und verändert sich nicht mehr. Einem Käfer sieht man nie an, wie alt er ist.«

»Und wie alt werden Käfer?«, fragt Kerstin.

Samuel wirft ihr einen erstaunten Blick zu. Er hat mindestens ein halbes Jahr gebraucht, bis er auf diese Frage gekommen ist. »Verschieden«, sagt er. »Manche Käfer brauchen drei, vier Jahre für das Raupen- und Puppenstadium und leben dann, als richtige Käfer, nur ein paar Wochen.« Er schlägt seinen Ordner auf. »Hier, der Mulmbock. Da braucht die Larve vier Jahre zur Entwicklung. Der Käfer selbst pflanzt sich dann nur noch fort. Er frisst nichts und lebt nur von dem, was er als Larve gespeichert hat.«

Er blättert in seinem Ordner mit den vielen Käferbildern. Die hat er aus Büchern abgemalt, wenn er einen lebenden Käfer beobachtet und bestimmt hat.

»Und die hast du wirklich alle gesehen?«, fragt Jakob.

»Nicht alle«, gibt Samuel zu. »Bei manchen habe ich mir nur gewünscht, ich hätte sie gesehen. Aber wenn ein Datum und der Ort, wo ich sie entdeckt habe, dabeistehen, habe ich sie wirklich gesehen.«

»Und die da, wo *Schädlinge* drübersteht?«, fragt Laura.

»Die habe ich fast alle nur abgemalt. Zum Sammeln sind die meisten sowieso zu klein.«

»Aber die könntest du wenigstens mit gutem Gewissen totmachen«, sagt Torsten. »Wenn du sonst schon keine Käfer totmachst.«

»Ach, ich weiß nicht«, sagt Samuel zögernd. »Sie heißen doch nur Schädlinge, weil sie den Menschen schaden, sich selbst schaden sie nicht. Und außerdem mache ich noch nicht mal eine Fliege tot.«

Er packt seine Sammlung wieder ein und Frau Herzberg bedankt sich bei ihm. »Das war ein großartiger Vortrag, Samuel«, sagt sie. »Du bist ein richtiger Experte.«

Die Kinder klatschen. Samuel versucht, bescheiden auszusehen, aber innerlich platzt er fast vor Stolz.

In der großen Pause sagt Jakob: »Du hast die Käfer wirklich sehr schön gezeichnet.« Er beißt in sein Salamibrot und Samuel schaut ihm hungrig zu. »Aber für mich wäre das nichts«, fährt Jakob fort, »weil sie immer gleich aussehen. Man sieht ihnen nicht an, wie es ihnen geht oder so. Ganz anders als bei anderen Tieren, zum Beispiel bei Katzen oder Löwen.«

»Aber Katzen können auch nicht lachen oder weinen«, sagt Samuel, denn bei Katzen kennt er sich inzwischen aus. »Oder hast du schon mal eine Katze gesehen, die einen Flunsch zieht oder die Stirn runzelt?«

»Das nicht, aber sie können Körpersprache«, sagt Jakob. »Stell dir mal eine Katze vor, wie sie vor einem Mauseloch lauert, kurz bevor sie zum Sprung ansetzt. Den Kopf nach vorn gestreckt, die Vorderfüße angezogen, das Hinterteil etwas nach oben und den Schwanz waagrecht, so kauert sie da und nur ihre Schwanzspitze bewegt sich manchmal langsam hin und her. Da siehst du ihr doch an, was sie denkt.«

»Und was denkt sie?«

»Los, Mäuschen, los! Komm endlich raus aus deinem Loch! Dann kannst du was erleben. Nur schade, dass du hinterher deinen Freunden nichts von deinem Abenteuer erzählen kannst, aber so ist es nun mal, das Leben.«

Samuel lacht. »Lass mich mal beißen«, sagt er. »Ich habe mein Pausenbrot vergessen.«

Jakob nimmt die zweite Hälfte seines Salamibrots aus der Tüte und hält es Samuel hin. »Hier. Warum hast du das nicht gleich gesagt?« Und dann redet er weiter: »Ich habe zu Hause eine Postkarte von einem Jaguar, der auf einem Ast schläft. Er liegt auf dem Bauch und seine Beine hängen auf beiden Seiten herunter. Dem sieht man an, wie entspannt er sich fühlt, nur durch seine Haltung. Da braucht er nicht extra ein Schlafgesicht zu machen.«

Samuel hebt seine linke Hand – in der rechten hat er das Salamibrot – und bewegt sie langsam auf und ab, zieht die Finger ein und dehnt sie wieder, so wie es Minkas Junge machen. Und Minka natürlich auch. Er spürt die Bewegung bis in die Oberarme und sogar bis in die Schultern. »Du hast Recht«, sagt er kauend. »Bewegung ist fast wie Sprache.« Er schluckt, beißt noch einmal ab. »Das kann ein Käfer nicht. Der bewegt seine Fühler, die Beißwerkzeuge und die Beine. Trotzdem finde ich Käfer schön. Und spannend.«

Torsten läuft an ihnen vorbei, tippt Samuel an und sagt: »Du bist dran. Los, fang mich!«

Samuel schiebt sich den letzten Bissen Brot in den Mund, tippt Jakob an und läuft hinter Torsten her. Es ist wirklich schön, wenn man den ganzen Körper bewegen kann.

Zu Hause räumt Samuel erst seine Sammlung wieder ordentlich in das Fach über seinem Schreibtisch, bevor er sich den Gemüseeintopf aufwärmt. Danach schnappt er sein Fahrrad und fährt zu Nicki.

Sie ist schon im Schuppen. Strahlend hält sie ihm Weißohr hin.

»Hier«, sagt sie. »Sie haben die Augen aufgemacht.«

Tatsächlich. Samuel sieht schmale, feuchte Spalten mit etwas Glänzendem, Graublauem darin. Das müssen die Augäpfel sein. »Pünktlich«, sagt Nicki stolz. »Mit elf, zwölf Tagen, steht im Buch. Und sie sind heute zwölf Tage alt.«

Sie setzt Weißohr wieder auf die Decke. Auf tapsigen Pfötchen krabbelt die kleine Katze vorwärts, zum Bauch ihrer Mutter, den sie heute zum ersten Mal sehen kann. Sie rutscht in die Kuhle zwischen Minkas Vorderpfoten und ihrem Bauch und findet schnell eine Zitze neben ihrer Schwester Weißbrust. Weißpfote schläft.

»Die haben immer Hunger«, sagt Samuel.

Ihm hat sein Mittagessen nicht geschmeckt. Vielleicht, weil es schon zum zweiten Mal Gemüseeintopf gab. Vielleicht aber auch, weil er allein am Tisch gesessen hat. Und weil niemand ihn gefragt hat, wie es in der Schule war. Dabei hätte er heute so gerne erzählt, wie es war. »Prima«, hätte er gesagt. »Du wirst es kaum glauben, es war prima. Jakob hat mir heute sein halbes Pausenbrot abgegeben. Vielleicht wird er ja mein Freund. Ausgerechnet jetzt, wo ich gar nicht so dringend einen Freund brauche. Schließlich habe ich ja Nicki und Minka und die Kleinen.« Nein, das hätte er nicht gesagt. Minka und die Kleinen hat er zu Hause verschwiegen.

Samuel beißt sich auf die Lippe. Wahrscheinlich ist es bei ihm so, dass immer etwas Schlechtes dabei sein muss. Wenn es ihm zu Hause gut geht, hat er Ärger in der Schule, und wenn es in der Schule schön ist, gibt es zu Hause Stress.

Auch bei Nicki und Minka und den Kätzchen gefällt es ihm heute nicht so gut. Wenn Minka ihre Kleinen leckt und sie mit der Pfote herumrollt, als würde sie mit ihnen spielen, ist er fast neidisch. Deshalb macht er freiwillig das Katzenklo sauber. Er hebt die Häufchen aus dem Sand und lässt sie in eine der Plastiktüten fallen, von denen Nicki einen ganzen Vorrat in den Schuppen gebracht hat. Die Tüte wird er nachher, auf dem Rückweg, in einen Papierkorb stopfen. In ihre eigene Mülltonne will Nicki die Tüten nicht werfen, weil das ihrer Mutter auffallen könnte.

»Machen die Kleinen eigentlich einfach auf die Decke?«, fragt er.

»Nein«, sagt Nicki. »Das leckt Minka weg. Direkt von ihrem Po.«

»Igitt«, sagt Samuel.

»Nein, nicht igitt, Katzenhygiene«, widerspricht Nicki. »So machen es alle Tiere in der Wildnis. Und weißt du auch, warum?«

»Nein.«

»Aber ich«, sagt Nicki stolz. »Hab ich im Katzenbuch nachgelesen. Damit größere Raubtiere nicht riechen, dass es hier Tierbabys gibt, die noch nicht weglaufen können und deshalb eine leichte Beute sind.«

Samuel würde gern weiter darüber sprechen, aber ein Blick auf seine Uhr zeigt ihm, dass er sich beeilen muss, es ist schon fast vier. Und er will nicht, dass Pauline sauer auf ihn ist.

Auf der Rückfahrt überlegt er, warum er Nicki nichts von seiner Mutter erzählt hat. Jetzt tut es ihm Leid. Vielleicht morgen, denkt er. Aber wenn Mama morgen wieder da ist, erzähle ich ihr lieber nichts.

Pauline erwartet ihn schon. Sie nimmt das Rad der Mutter, mit dem Drahtkorb auf dem Sattel. »Und wenn das nicht reicht«, sagt sie, »müssen wir uns noch Plastiktüten an den Lenker hängen.« So fahren sie zum Supermarkt und kaufen ein, Gefrierpizza, ein paar Fertiggerichte, alle möglichen Sachen, die nicht viel Arbeit machen. Rein in die Mikrowelle, raus aus der Mikrowelle und auf den Tisch.

»Wann kommt Mama wieder?«, fragt Samuel, als sie zu Hause die Sachen einräumen. »Was meinst du?«

»Keine Ahnung«, sagt Pauline. »Vielleicht schon morgen, vielleicht aber erst in einer Woche, wer kann das wissen, wenn sie es selbst nicht weiß.«

Kurz vor sieben klingelt endlich das Telefon. Samuel hat schon die ganze Zeit gewartet, deshalb ist er auch als Erster dran. »Mama«, sagt er, »Mama, wann kommst du zurück?«

»Noch nicht«, sagt die Mutter. »Wie klappt es bei euch? Habt ihr gegessen? Habt ihr eingekauft? Hast du deine Schulaufgaben gemacht? Denkst du auch daran, dass du jeden Tag Obst isst? Mindestens einen Apfel, hörst du?«

Pauline nimmt ihm den Hörer aus der Hand. Sie erzählt der Mutter, was sie eingekauft haben und dass sie schon alles hinkriegen werden. Ihre Stimme klingt anders als gestern. Nicht mehr, als würde sie gleich wieder weinen.

Dafür fühlt Samuel sich jetzt so. Er geht die Treppe hinauf und legt sich auf sein Bett. Ich mache immer alles falsch, denkt er. Ich hätte ihr von der Schule erzählen sollen, von Jakob. Von Frau Herzberg und davon, wie schön die Kastanien blühen.

Abends, als Pauline und der Vater schon in ihren Zimmern sind, schleicht Samuel die Treppe hinunter ins Wohnzimmer. Leise macht er die Tür hinter sich zu, bevor er das Licht anknipst.

Annas Telefonnummer weiß er auswendig, obwohl das gar nicht nötig wäre, sie ist sowieso gespeichert. Annas Stimme klingt erschrocken. »Ist was passiert, Sami? Ist Pauline nicht zu Hause?«

»Doch«, sagt Samuel. »Aber Mama ist weg. Ist sie bei dir?«

»Nein«, sagt Anna.

»Und weißt du, wo sie ist?«

»Nein«, sagt Anna noch einmal, aber ihre Antwort kommt ein bisschen zu schnell, findet Samuel. Und ihre Stimme klingt zu wenig überrascht. Doch bevor er Zeit hat, darüber nachzudenken, spricht sie schon weiter. »Mach dir keine Sorgen, Sami, es wird schon werden.«

Was wird werden und wie wird es werden, denkt er, als er aufgelegt hat. Und vor allem, wann wird es werden? Und warum sagen alle, ich soll mir keine Sorgen machen? Mama, Papa, Pauline, Anna. Und was für Sorgen?

»Sami.«

Er dreht sich um. Pauline steht in der Wohnzimmertür. »Ich habe dich gar nicht herunterkommen gehört«, sagt er.

Pauline lacht. »Glaubst du, du bist der Einzige im Haus, der schleichen kann? Komm, ich bring dich ins Bett.«

»Ich bin doch kein kleines Kind mehr«, sagt er. »Ich kann allein ins Bett gehen.«

Trotzdem ist er froh, dass sie mit ihm hinaufgeht und sich noch auf seine Bettkante setzt. »Es geht nicht gegen uns, Sami«, sagt sie. »Papa und Mama streiten schon so lange. Sie will studieren, das weißt du doch.«

»Aber jetzt wird es immer schlimmer mit dem Streiten«, sagt Samuel.

»Ja, weil Papas Probezeit im Juni um ist. Wenn er dann seinen endgültigen Arbeitsvertrag bekommt, will Mama nicht länger verzichten, hat sie gesagt. Sie hat sich sicherheitshalber schon an der Universität eingeschrieben, um den Termin nicht zu verpassen. Sie ist überzeugt, dass Papa im Baumarkt bleibt. Ich übrigens auch. Die können doch froh sein, dass sie so einen wie ihn haben.«

»Und warum ist Mama dann weggegangen?«

»Vielleicht will sie ihn zwingen, sich mehr um die Familie zu kümmern. Vielleicht hat sie es auch einfach nicht mehr ausgehalten und will in Ruhe nachdenken.«

»Aber sie kommt doch wieder heim, nicht wahr?«, fragt er und tut, als müsse er sich vor Müdigkeit die Augen reiben.

»Natürlich kommt sie wieder heim.«

Es kostet ihn viel Überwindung, die Frage auszusprechen, die ihn am meisten bedrückt. »Und wenn sie sich scheiden lassen?«

»Dann bleiben wir bei Mama«, sagt Pauline so schnell, als hätte sie sich das schon längst überlegt.

»Meinst du, sie lassen sich scheiden?«

Sie zuckt mit den Schultern. »Keine Ahnung, Sami, echt nicht. Ich weiß nur, dass es so nicht mehr weitergeht. Mama ist unglücklich.«

»Ich bin auch unglücklich«, sagt Samuel.

Pauline gibt ihm einen Kuss auf die Stirn, ihre Lippen sind kühl.

»Warum will Papa eigentlich nicht, dass Mama studiert?«, fragt Samuel.

»Angst vor etwas Neuem«, sagt Pauline. »Ich versteh's ja auch nicht. Ein Neubeginn ist …«

»… wie eine Wundertüte«, unterbricht sie Samuel. »Man weiß nie, was drin ist.«

Pauline gibt ihm noch einen Kuss. »Ja, mein Klugscheißer.« Doch dann wird ihr Gesicht wieder ernst. »Natürlich würde es für ihn auch mehr Verantwortung bedeuten, mehr Arbeit. Es ist doch ziemlich bequem für Papa, wenn Mama sich um alles kümmert.«

»Aber er muss das Geld für uns verdienen«, verteidigt Samuel seinen Vater, der ihm auf einmal Leid tut.

»Nicht nur er, Mama verdient auch Geld«, sagt Pauline. »Er verdient natürlich viel mehr, aber nur deshalb, weil Mama nicht studieren konnte. Weil sie beim Abitur schon schwanger war.«

Sie lacht kurz auf. »Stell dir vor, Sami, ich habe schon mal Abitur gemacht, nur leider weiß ich nichts mehr davon.«

Sie redet weiter, aber Samuel hört schon nicht mehr zu. Das klingt alles so kompliziert. Wenn einer etwas will und der andere nicht und beide stur auf ihrem Willen beharren, gibt es keine Lösung, das weiß er aus Erfahrung.

»Pauline«, sagt er, »was war mit dem Frosch?«

»Mit welchem Frosch?«

»Du hast Mama doch gefragt, ob sie die Geschichte mit dem Frosch im Milcheimer kennt.«

»Ach so, das meinst du. Also, das war so. Da sind zwei Frösche in einen Milcheimer gefallen und konnten nicht mehr raus. Der eine war vor Verzweiflung wie gelähmt, er ist untergegangen und ertrunken. Aber der andere hat wie wild gestrampelt und gestrampelt, so lange, bis sich in der Milch ein großer Butterklumpen gebildet hat. Auf den konnte er sich setzen und mit einem Satz aus dem Eimer springen.«

Samuel legt sich auf die Seite und zieht die Decke bis über die Schultern.

»Und jetzt schlaf endlich, Sami, es ist schon spät«, sagt Pauline und gibt ihm einen Kuss.

Als sie die Tür hinter sich zugemacht hat, denkt Samuel: So viel geküsst hat sie mich früher nie.

Er ist gar nicht so sicher, ob ihm das gefällt. Einerseits schon, aber andrerseits …

10. Gemalte Tage oder Von Dienstag bis Sonntag kann sehr lang sein

Es ist Sonntagabend. Samuel sitzt an seinem Schreibtisch. Vor ihm liegt ein unlinierter Din-A5-Block. Er hat vor, sich für jeden Tag eine Erinnerungsseite zu machen, damit er nicht vergisst, was er seiner Mutter alles erzählen will, wenn sie wieder da ist. Das Vergessen geht so schnell, schon jetzt muss er darüber nachdenken, was er alles gemacht hat.

Inzwischen sind es sechs Tage. Über die erste Seite schreibt er »Dienstag«. Der erste Tag, an dem seine Mutter nicht zu Hause war. Er malt in die Mitte des Blattes ein paar Käfer und drum herum viele Kinderköpfe und Kinderhände, die sich nach den Käfern ausstrecken. Ein paar Köpfe sind fast zu erkennen: Jakob mit den Stoppelhaaren. Torsten mit der blauen Brille. Vanessa mit dem Vogelhals und den kurzen, braunen Locken. Isabella mit dem Pferdeschwanz.

Dann kommt der Mittwoch. Am Mittwoch ist er zu spät in die Schule gekommen. Aber das muss er nicht aufmalen, das hat er seiner Mutter abends erzählt, als sie angerufen hat. Er hat ihr allerdings nicht gesagt, dass Frau Herzberg nicht geschimpft hat. Sie hat nur gesagt: »Das kann doch mal passieren.«

Aber seine Mutter hat sich aufgeregt. »Sami, du bist bald elf«, hat sie gesagt. »Alt genug, um ein bisschen Verantwortung zu übernehmen. Versprich mir, dass du dir wenigstens Mühe gibst.«

Er hat es nicht versprochen, er hat nur gefragt, wann sie nach Hause kommt. Sie hat wieder getan, als hätte sie nichts gehört, und wollte mit Pauline sprechen.

Das Zuspätkommen braucht er also nicht aufzumalen. Stattdessen zeichnet er eine dreibeinige Staffelei, die auf dem unteren Blattrand steht, und darüber vier Bilder, die nebeneinander hängen wie in einer Ausstellung.

Am Mittwoch war er nämlich bei Jakob und hat seine Bilder angeschaut, bevor er zu Nicki gegangen ist. Jakob wohnt in der Kastanienstraße, in einem schönen, alten Haus, einer Villa, würde Pauline sagen. Jakobs Bilder sind noch viel schöner, als Samuel erwartet hat. Sehr groß und sehr bunt. Auf den Bildern sind fast nur Tiere und Pflanzen im Urwald, aber auch Zirkuselefanten, die bunte Bälle auf ihren Rüsseln balancieren, und ein Löwe, der durch einen brennenden Reifen springt. Am besten hat Samuel die Affenmutter gefallen. Sie hängt zwischen vielen Blättern in verschiedenen Grüntönen mit einer Hand an einem Ast, mit der anderen hält sie ihr Baby fest. Aber am allerschönsten ist das Riesenposter an der Wand. Darauf ist auch ein Urwald zu sehen, mit Pflanzen und Tieren. »Das Bild stammt von einem ganz berühmten Maler«, hat Jakob erzählt. »Er hieß Rousseau und war Franzose. Später hat er aber auf Tahiti gelebt und Bilder gemalt.«

»Wo ist Tahiti?«, hat Samuel gefragt.

»Tahiti ist eine Insel im Pazifik«, hat Jakob erklärt und ihm ein Buch mit Bildern von diesem Rousseau gezeigt.

Jakob hat ein extra Zimmer zum Malen, das er Atelier nennt. Manchmal darf er nämlich die Ölfarben seines Vaters benutzen, dazu braucht man Terpentin und das stinkt. Und für seine vielen Bilder und die Staffelei hat er natürlich auch Platz nötig.

Jakob hat eben keine Geschwister, denkt Samuel jetzt, an seinem Schreibtisch. Und ihr Haus ist groß. Da können ihm seine Eltern leicht zwei Zimmer überlassen. Er malt nur bunte Flecken auf die vier Bilder über der Staffelei. Er wagt noch nicht einmal den Versuch, Jakobs Bilder nachzumachen. Außerdem sind die Vierecke über der Staffelei sowieso zu klein.

Jakobs Vater ist Kunsterzieher im Gymnasium und seine Mutter ist Klavierlehrerin. Während sie oben in Jakobs normalem Zimmer Bilder anschauten, hörten sie, dass unten eine Schülerin Tonleitern übte und immer an denselben Stellen hängen blieb. »Das ist Johanna«, sagte Jakob. »Sie macht meine Mutter bald verrückt, aber ihre Eltern wollen unbedingt, dass sie Klavierspielen lernt.« Diese Johanna ist rund und rotbackig und hat blonde Zöpfe. Samuel hat sie getroffen, als er ins Haus kam. Da zog sie gerade ihre Jacke aus und hängte sie an einen Haken. Er dachte erst, sie wäre Jakobs Schwester, aber der hat ja keine.

Jetzt kommt der Donnerstag dran. Was hat er am Donnerstag gemacht? Samuel kaut an seinem Bleistift, aber es fällt ihm nicht ein. Er war bei Nicki, natürlich, aber dann? Ach ja, es hat ein bisschen geregnet und Pauline war nicht zu Hause, deshalb hat er stundenlang ferngesehen. Bis seine Mutter angerufen hat.

Am Freitag war Nicki bei ihm, das weiß er noch genau. Erst haben sie Minka und die Kleinen versorgt, dann sind sie zu ihm nach Hause gegangen. Er hat ihr seine Käfer gezeigt und danach haben sie auf der Terrasse gesessen, Cola getrunken und Chips gegessen. Und Uno gespielt. Bis Pauline gekommen ist und Nicki gesagt hat, jetzt müsse sie nach Hause.

Samuel schreibt sehr langsam »Samstag« über das nächste Blatt. Samstag war ein blöder Tag, zumindest hat er blöd angefangen. Er malt einen Besen und einen Putzeimer hin, daneben den Staubsauger. Und damit das Bild nicht so langweilig wird, lässt er den Schlauch wie eine Schlange tanzen und malt sich als Schlangenbeschwörer daneben, wie er mit überkreuzten Beinen dasitzt und Flöte spielt.

»Du saugst das Wohnzimmer und kehrst die Terrasse«, hat Pauline gesagt. »Aber zuerst bringst du noch den Mülleimer raus.«

Samuel hat sich gesträubt, aber es hat ihm nichts geholfen. Beim Saugen hat er darüber nachgedacht, dass es ihm nie aufgefallen ist, was seine Mutter alles macht: einkaufen, kochen, staubsaugen, putzen, Wäsche waschen. Und natürlich in der Praxis von Doktor Burger arbeiten. Komisch, dass man sich so etwas nie überlegt.

Er hat den Staubsauger ausgemacht und ist hinübergegangen in die Küche. Dort hat Pauline gerade die Spülmaschine leer geräumt. »Und was macht Papa?«, hat er sie gefragt.

Sie hat ihn angegrinst. »Auf diese Idee bin ich schon vor dir gekommen«, hat sie gesagt. »Für ihn bleiben das Badezimmer, der Flur und die Treppe. Und außerdem erledigt er heute den Wochenendeinkauf. Wir haben gestern Abend noch die Liste geschrieben.«

Samuel ging ins Wohnzimmer zurück und machte den Staubsauger wieder an. Dann entdeckte er in der Ecke zwischen Sofa und Wand eine Spinne. Er holte sich ein Blatt Papier aus seinem Zimmer, schob es vorsichtig unter die

Spinne und trug sie hinaus in den Garten. Dort setzte er sie in der äußersten Ecke des Zauns ins Gras, um ihr den Rückweg so schwer wie möglich zu machen. Wenn sie dem Vater oder Pauline begegnen würde, wäre das gefährlich für sie. Lebensgefährlich. Pauline hat einen absoluten Widerwillen gegen Spinnen. »Angeboren«, sagt sie immer, wenn sie Samuels vorwurfsvollen Blick sieht. »Das habe ich von Papa geerbt, da kann man nichts machen.«

Samuel hält das für eine Ausrede. Er malt noch eine Spinne links neben den Putzeimer.

Beim Aufräumen und Kehren der Terrasse hat er gesehen, dass im Blumenbeet blaue Blumen aufgegangen sind. Sie sehen Glockenblumen ähnlich, aber ihre Blütenränder sind gezackt. Außerdem sind die Blüten kleiner und ihr Blau hat einen Stich Lila. »Wir werden uns überraschen lassen«, hat die Mutter beim Einzug gesagt. »Wir können gar nicht wissen, was die früheren Besitzer gepflanzt haben.« Die Tulpen und Narzissen haben damals schon geblüht. Die erste Überraschung sind also diese blauen Blumen.

Samuel hat auch gesehen, dass das Unkraut sehr hoch geworden ist und dass der Rasen gemäht werden müsste. Aber das hat er lieber nicht laut gesagt. Und Pauline hat es übersehen oder übersehen wollen.

Zum Mittagessen um zwei Uhr gab es wieder Gefrierpizza, und dann hat Pauline gesagt: »Wenn du jetzt noch dein

Zimmer aufräumst, kannst du von mir aus so viel fernsehen, wie du willst.«

Sein Zimmer war einigermaßen ordentlich, zumindest würde Pauline es einigermaßen ordentlich finden, und fernsehen wollte er nicht. Er ist lieber zu Nicki gegangen. Und während er mit Weißohr spielte, hat er Nicki von seiner Mutter erzählt. »Ich weiß nicht, wann sie zurückkommt«, hat er am Schluss gesagt. »Pauline hat gemeint, vielleicht in einer Woche, das wäre dann am Montag oder Dienstag.« Er beugte sich tief über Weißohr, die auf seinem Oberschenkel herumkrabbelte und ihre spitzen kleinen Krallen so tief in seine Jeans schlug, dass er sie durch den Stoff spürte.

»Armer Sami«, sagte Nicki so mitleidig, dass er es kaum wagte, sie anzuschauen. Sie war etwas näher zu ihm gerückt. Ihr Gesicht war wieder so dicht vor seinem, dass er sogar hier, im Schuppen, die Bernsteinsprenkel in ihren Augen sehen konnte. Und die langen, gebogenen Wimpern. Ihm wurde warm unter ihrem Blick. Und weil er nicht wollte, dass sie wegschaute, sagte er schnell und sehr dramatisch: »Vielleicht lassen sie sich sogar scheiden.«

»Oh«, sagte Nicki und ihr Mund wurde ganz rund. Die Bernsteinsprenkel verschwammen. »Hoffentlich ziehst du dann nicht gleich wieder weg.«

»Wieso sollte ich wegziehen?«, fragte Samuel. »Wir sind doch gerade erst hier eingezogen.«

Nicki hob die Schultern und ließ sie wieder fallen. Sie griff nach Weißpfote und hielt sie an ihr Gesicht. Weißpfote schnupperte mit ihrem süßen Schnäuzchen über Nickis Wange, als suche sie nach einer Zitze. »Na ja«, sagte Nicki, »ich meine, wenn deine Eltern sich scheiden lassen … Letztes Jahr haben sich die Eltern von Hanna scheiden lassen. Hanna war meine beste Freundin, schon seit dem Kindergarten. Aber nach der Scheidung haben ihre Eltern das Haus verkauft und sind weggezogen. Beide woanders hin. Und als die Eltern von Petra aus meiner Klasse geschieden wurden, ist Petra mit ihrer Mutter zu ihrer Oma gezogen und ihr Vater hat jetzt eine neue Frau und ein neues Kind.«

Samuel wechselte das Thema. Er hatte keine Lust, an Umziehen zu denken. Wenn, dann in ihre alte Wohnung am Nordpark. Aber da leben längst andere Leute. Er hat die Nachmieter damals sogar gesehen, als sie sich die Wohnung angeschaut haben. In dem Zimmer, das immer seines war, wohnt jetzt ein Baby, ein kleines Mädchen.

Samuel malt schnell eine Katzenmutter zwischen den Putzeimer und den Besen und verteilt Weißohr, Weißbrust und Weißpfote in die wenigen Lücken, die auf seinem Samstagsbild noch geblieben sind. Irgendwann wird er seiner Mutter auch von Minka erzählen müssen. Eigentlich weiß er gar nicht, warum er es nicht gleich getan hat.

Gestern jedenfalls hat er zu Nicki gesagt: »Wir sollten langsam Leute suchen, die die kleinen Katzen nehmen, findest du nicht auch?«

»Doch«, sagte Nicki. »Warum willst du Weißohr nicht selbst behalten? Bei euch ist doch niemand allergisch.«

Samuel schüttelte den Kopf, bedauernd und traurig. »Das geht nicht. Mein Vater hätte, glaube ich, nichts dagegen, aber meine Mutter mag keine Tiere im Haus. Pauline und ich haben uns jahrelang einen Hund gewünscht und keinen gekriegt.« Er nahm Weißohr von seiner Hose und gab ihr einen Kuss. Sie schob den Kopf zwischen seine Finger und maunzte so kläglich, als hätte sie verstanden, dass sie nicht zu ihm durfte. Und als wäre sie auch traurig. Samuel legte sie schnell zurück zu Minka, die sofort anfing, ihr Kind zu lecken.

»Dann müssen wir eben rumlaufen und fragen, wer eine Katze will«, sagte Nicki. »Aber nicht am Sonntag, da sind die Väter zu Hause, die sagen viel zu schnell nein. Und sind dann auch noch konsequent. Mit Frauen kann man besser reden.«

Samuel nickt an seinem Schreibtisch, so wie er gestern im Schuppen genickt hat. Er findet auch, dass man mit Frauen besser reden kann.

Sein Vater war schon da, als Samuel gegen Abend nach Hause kam. Und er hatte ihm ein Geschenk mitgebracht:

ein Handy. Samuel hat sich natürlich gefreut, aber gewundert hat er sich auch. »Du hast doch gesagt, ich kriege erst eins, wenn ich zwölf bin«, hat er gesagt.

»Stimmt«, sagte sein Vater. »Aber jetzt ist es etwas anderes. Ich möchte, dass du mich immer anrufen kannst, wenn etwas ist.«

»Es ist nur ein billiges Handy«, sagte Pauline giftig. »Bilde dir ja nichts ein.« Sie hatte ihr Handy erst mit vierzehn bekommen.

Samuel hat sich trotzdem gefreut, auch wenn es nur ein billiges Handy ist. Es liegt jetzt rechts neben ihm auf dem Schreibtisch. Der Vater wollte ihm zeigen, wie es funktioniert, aber das war nicht nötig, das hatte ihm Pauline längst auf ihrem beigebracht. Er hat die Nummer seines Vaters eingegeben, die von Pauline und Anna und die von seiner Mutter, obwohl sie nicht angerufen werden will.

»Nimm doch auch die Nummern von Oma und Opa und von Tante Corinna drauf«, schlug Pauline vor, aber Samuel lehnte es ab. »Die rufe ich doch sowieso nie an, und wenn was ist, würden sie auch nicht kommen, schon weil sie viel zu weit weg wohnen.«

Irgendwie war der Samstagabend dann ganz schön, bis auf den kleinen Krach zwischen dem Vater und Pauline. Aber das war später. Erst hat der Vater sie in das *Fontana di Trevi* eingeladen, am Marktplatz. Samuel hat seine Lieblingsspaghetti bestellt, Spaghetti Carbonara, die sogar noch besser schmeckten als die Spaghetti Carbonara seiner Mutter, und die sind schon prima.

Sie wurden von einem jungen Kellner bedient, der Pauline schöne Augen machte. Als er das Essen brachte, stellte er den Teller vor sie hin und sagte: »Das ist für la bella Signorina.« Er hatte viele dunkle Haare, so lang, dass er sie zu einem kleinen Pferdeschwanz zusammengebunden hatte. Samuel fiel auf, dass Pauline rot wurde, wenn der Kellner sie anschaute, und dass sie ihm immer wieder heimlich mit den Blicken folgte.

Zum Nachtisch gab's Eis. Und dann sagte Pauline: »Übrigens, ich bin morgen nicht da, ich habe mich mit Hilka und Maxi verabredet. Maxi hat einen neuen Computer bekommen, und weil sie sich nicht so gut auskennt wie wir, hat sie uns gefragt, ob wir ihr helfen.«

Der Vater schaute sie so entsetzt an, als hätte sie ein Zeugnis mit lauter Fünfen nach Hause gebracht.

»Das geht nicht«, protestierte er. »Du kannst doch nicht einfach weggehen. Was sollen Sami und ich dann machen, so allein?«

Da ist Pauline richtig giftig geworden. »Er ist dein Sohn, vergiss das nicht«, hat sie sehr leise gesagt. So leise, wie sie oft spricht, kurz bevor sie dann anfängt zu schreien. »Findest du es nicht auch ein Armutszeugnis, wenn ein Vater nicht weiß, wie er seinen Sohn einen Sonntag lang beschäftigen kann?«

Danach haben sie nichts mehr gesagt, und Samuel hat gedacht: Das ist der Vorteil von einem Restaurant. In einem Restaurant kann man sich nicht anschreien.

Zum Abschied hat ihnen der junge Kellner die Tür aufgehalten. Er hat sich tief vor Pauline verbeugt und gesagt: »Beehren Sie uns bald wieder.«

Auf der Heimfahrt haben sie geschwiegen, alle drei. Erst zu Hause, als Pauline schon auf der Treppe stand, um in ihr Zimmer zu gehen, hat sie sich umgedreht und mit einer fast normalen Stimme gesagt. »Ihr könntet ja ins Wellenbad gehen.«

Das haben sie auch getan.

Samuel schreibt »Sonntag« über das sechste Blatt und malt ein paar blaue Wellenlinien darunter. Und drei Eistüten mit je zwei Kugeln. Dann geht er ins Bad, putzt sich die Zähne, zieht seinen Schlafanzug an und legt sich ins Bett.

Bevor er seine Nachttischlampe ausknipst, wirft er aus Gewohnheit einen letzten Blick auf den Hirschkäfer. Aber diesmal denkt er nicht an alte Baumstämme. Er stellt sich nicht vor, wie er plötzlich ein Hirschkäfermännchen vor sich auf dem Boden liegen sieht, auf einem Moospolster oder auf einem großen, rötlichen Ahornblatt.

Er denkt an seine Mutter. Er vermisst sie, natürlich vermisst er sie. Vor allem abends, vor dem Einschlafen. Aber auch morgens. Und nicht nur, weil er allein beim Frühstück sitzt und niemand ihn fragt: »Wie hast du geschlafen, Sami? Hast du was Schönes geträumt?« Fragen, die ihn oft genervt haben. Und die ihm jetzt fehlen.

Er würde ihr so gern einen Brief schreiben, wenn er wüsste, wo sie ist.

Und was würde er ihr schreiben? Liebe Mama, ich war heute mit Papa im Wellenbad, aber es war ziemlich traurig. Und ziemlich langweilig. Obwohl Papa sich Mühe gegeben hat. Er ist ein paarmal mit mir die Riesenrutsche runtergerutscht, er war mit mir im Außenbecken und wir haben Kopfsprung vom Einmeterbrett geübt. Er hat mir drei Eis gekauft, und ich hätte bestimmt noch ein viertes und fünftes bekommen, wenn ich gewollt hätte. Habe ich aber nicht. Die meiste Zeit haben wir nicht gewusst, was wir machen sollen. Zum Glück hatten wir beide ein Buch dabei, deswegen ging's dann. Ich lese *Heimatlos* nun zum zweiten Mal. Ich kann Remi jetzt viel besser verstehen. Ich meine, dass er traurig ist wegen seiner Mutter Barbarin. Dabei ist sie gar nicht seine richtige Mutter, aber das weiß er noch nicht. Du fehlst mir, Mama. Es ist nicht schön ohne dich. Ich bin mindestens so traurig wie Remi. Viele Bussis, Samuel.

Er knipst das Licht an, holt sein Handy und schreibt eine SMS an seine Mutter:

Liebe Mama, habe ein neues Handy. Gestern habe ich den ersten Maikäfer in diesem Jahr gesehen. Im Garten blühen blaue Blumen. Wann kommst du zurück? Sami.

11. Die Frau von gegenüber oder Drei kleine Katzen brauchen einen Platz

Sie haben Minka gefüttert und den Kleinen zugeschaut, die jetzt schon richtig miteinander spielen. Na ja, spielen. Sie purzeln übereinander und stupsen sich gegenseitig um, wie kleine Kinder im Sandkasten, die miteinander raufen. Aber sie sehen dabei sehr tollpatschig und süß aus. Ihre Augen sind schon viel weiter offen, aber noch immer sehr feucht. Außerdem sind sie eher blau, gar nicht wie Katzenaugen.

»Die Farbe ändert sich noch«, sagt Nicki. »Steht im Katzenbuch. Übrigens, meine Mutter hat die beiden Katzenbücher entdeckt und mich gefragt, warum ich so etwas lese.«

Samuel erschrickt. »Und? Was hast du gesagt?«

Nicki zuckt mit den Schultern. »Natürlich deinetwegen«, sagt sie und streichelt Weißpfote. »Ich habe gesagt, ihr würdet überlegen, ob ihr euch vielleicht eine Katze anschafft. Also denk dran, dass du dasselbe sagst, wenn du zufällig meine Mutter triffst und sie irgendeine Bemerkung macht.«

Nicki spricht so beiläufig, als fände sie es ganz normal, ihre Mutter anzuschwindeln.

Sie setzt Weißpfote auf die Decke zurück, steht auf und klopft sich den Sand aus der Hose. »Los, wir müssen anfangen, Plätze für sie zu suchen.«

»Und wo?«, fragt Samuel.

»Weiß ich noch nicht«, antwortet Nicki. »Wir laufen rum, dann fällt uns schon was ein. Unsere Nachbarn kommen nicht in Frage, die einen haben einen Hund, die anderen sowieso schon zwei Katzen. Die können wir vergessen. Außerdem würde es meine Mutter dann doch noch erfahren. Und was ist mit deinen Nachbarn?«

»Die links haben auch einen Hund, so einen Mischling mit Schäferhundkopf und Dackelbeinen. Und die rechts sind fast nie zu Hause. Ich habe sie in all den Wochen vielleicht zwei, drei Mal gesehen. Aber gegenüber, in dem Haus hinter unserem Garten, wohnt eine alte Frau. Die sieht nett aus. Vielleicht sollte ich sie mal fragen.«

»Hund? Katze?«

Samuel schüttelt den Kopf. »Kein Hund. Und eine Katze habe ich nie gesehen. Aber ein Aquarium mit Fischen.«

»Umso besser«, sagt Nicki. »Das beweist, dass sie Tiere mag. Los, gehen wir zu ihr.«

Samuel würde lieber erst noch darüber nachdenken, sich langsam darauf vorbereiten und einen passenden Zeitpunkt abwarten, um sie anzusprechen. Vielleicht wenn sie gerade in ihrem Vorgarten arbeitet. Aber er hat sich schon daran gewöhnt, dass Nicki alles, was ihr in den Kopf kommt, sofort und auf der Stelle tun muss. Sie ist nicht im Geringsten zögerlich. Wenn sie Katzenfutter kaufen will, muss es gleich sein. Wenn sie hinten im Garten Erdbeeren suchen will, auch. Und wenn sie sagt: »Komm, gehen wir rüber zu meiner Mutter, ich habe Hunger«, dann muss Samuel das Kätzchen, das er gerade auf dem Schoß hat, zu Minka legen und ihr folgen. Deshalb küsst er jetzt Weißbrust auf die schwarzen Öhrchen, erst auf das eine, dann auf das andere, und setzt sie zu ihren beiden Schwestern. Minka steht auf, dehnt sich und fängt an, Weißbrust zu waschen.

Samuel besteht auf einem Umweg. Sie nähern sich der Siedlung von hinten, über das Feld, auf dem ein paar größere Mädchen Federball spielen. Samuel will vermeiden, Pauline zu treffen. Es könnte ihr ja eine Arbeit einfallen, die dringend erledigt werden muss. Oder sie hat vergessen, Milch oder Klopapier zu kaufen. Aber Pauline scheint noch nicht zu Hause zu sein. Denn als sie die Straße zwischen ihrem Garten und der nächsten Häuserreihe betreten, sieht Samuel, dass die Terrassentür noch zu ist. Bei so schönem Wetter macht Pauline sie immer als Erstes auf, kaum dass sie das Haus betreten hat.

»Dort«, sagt Samuel und deutet auf das Haus, in dem die Frau wohnt, die er bisher nur vom Zuwinken kennt. »In dem Haus mit den Rosenstämmen.«

»Ach, die meinst du!«, ruft Nicki. »Das ist Frau Ehrlicher.«

»Kennst du sie?«, fragt Samuel erstaunt.

»Na ja, kennen ist übertrieben«, sagt Nicki. »Aber ich weiß, wer sie ist. Meinc Mutter kennt sie. Ihr Mann war früher Lehrer an unserer Schule, deshalb.«

Samuel wirft einen Blick auf sein Haus. Hinter seinem Fenster im ersten Stock ist sein Kranich zu erkennen, allerdings nur der Hals und der Kopf mit dem langen Schnabel. »Einen Mann habe ich noch nie gesehen«, sagt er.

»Das kannst du auch gar nicht«, sagt Nicki. »Er ist schon lange tot, ich habe ihn auch nie kennen gelernt. Aber meine Mutter erzählt manchmal von ihm, er war ihr Lehrer in der dritten und vierten Klasse. Er hat gestottert, wenn er sich aufgeregt hat, und er hatte einen sehr dicken Bauch. So dick, dass meine Mutter und ihre Freundin immer darauf gewartet haben, dass eines Tages die Knöpfe von seiner Weste abplatzen, weil die so gespannt hat. Aber es ist nie passiert. Er hat oft mit ihr geschimpft, sagt meine Mutter, weil sie so schlampig geschrieben hat. Aber sonst war er nicht besonders streng, sagt sie. Da hätte es früher ganz andere Lehrer gegeben.«

»Seine Frau ist auch ein bisschen dick«, sagt Samuel, »aber nicht sehr. Rundlich eben. Wie Carlotta.«

Sie stehen vor dem Haus. Die Rosen haben schon Knospen angesetzt. Jetzt sieht Samuel auch die Pflanze, die in dem Topf auf dem Treppenabsatz steht. Sie hat schmale, silbrige Blätter. »Das ist Lavendel«, sagt Nicki. »Den kennst du nicht?« Sie reißt ein Blatt ab, zerreibt es zwischen den Fingern und hält es Samuel unter die Nase. Doch, den Geruch kennt er. Vom Badeöl seiner Mutter. Aber er hat nicht gewusst, dass die Pflanze so aussieht.

Er will gerade vorschlagen, mit dem Besuch lieber noch ein wenig zu warten und erst bei ihm zu Hause eine Cola zu trinken, aber es ist zu spät, er kommt nicht mehr dazu. Nicki geht bereits entschlossen die drei Stufen zur Haustür hinauf und klingelt. Die Tür geht auf. Die Frau hat das Kleid mit den gelben und blauen Streifen an, das er schon einmal an ihr gesehen hat. Aus der Nähe erkennt man, wie viele Falten und Runzeln sie hat. Viel mehr als Anna und sehr viel mehr als Carlotta und die grauen Locken auf ihrem Kopf sind viel kleiner als Annas. Es sind eher Löckchen. Aber sie sieht lieb aus und lacht sie freundlich an, erst Samuel, dann Nicki. »Bist du nicht die Tochter von Helene Gruber?«

Nicki nickt. »Ja, Frau Ehrlicher.«

»Und heißt du nicht Nicole?«

Nicki nickt noch einmal.

»Du siehst deiner Mutter sehr ähnlich«, sagt Frau Ehrlicher. »Ich weiß noch genau, wie sie ausgesehen hat, als sie ungefähr so alt war wie du heute. Schön, dass du mich mal besuchen kommst, Nicole. Und du auch, Samuel. So heißt du doch, oder?«

»Woher wissen Sie das?«, fragt Samuel.

Sie lacht. »Ganz einfach. Ich habe mal gehört, wie deine Schwester gerufen hat: Reinkommen, Sami, das Essen ist fertig. Sami kommt doch bestimmt von Samuel, habe ich gedacht. Was für ein schöner Name. Und abends, wenn ich meine Rollläden runterlasse und sehe, dass in deinem Zimmer noch Licht ist, sage ich immer: Gute Nacht, Samuel, schlaf gut.«

Samuel ist ganz verlegen, vor allem, weil Nicki ihn so seltsam anschaut. Deshalb sagt er schnell: »Entschuldigen Sie, meine Schwester kann manchmal schrecklich laut sein.«

Frau Ehrlicher macht eine begütigende Handbewegung. »So habe ich es nicht gemeint. Sonst höre ich nichts, ich habe ja meine Terrasse und den Garten zur anderen Seite. Nur wenn ich am Küchenfenster stehe oder im Vorgarten arbeite, kann ich etwas hören.« Sie tritt zur Seite und macht eine einladende Handbewegung. »Aber kommt doch herein, bitte.«

Frau Ehrlicher führt sie ins Wohnzimmer. »Setzt euch«, sagt sie und deutet auf ein Sofa, das mit einem braun-grün-roten Stoff bezogen ist. Aber die Farben sind so dunkel, dass man das Blumenmuster kaum erkennen kann. »Ich hole euch schnell was zu trinken«, sagt sie. »Ihr mögt doch Limonade, oder?«

»Ja, gern«, sagen Samuel und Nicki gleichzeitig und setzen sich nebeneinander auf das Sofa.

Während Frau Ehrlicher in die Küche geht, schauen sie sich um. Alles in diesem Zimmer ist schwer und dunkel, nicht nur das Sofa, auch der Tisch und die Sessel, die geschnitzte Kommode und der große Bücherschrank an der Wand gegenüber. Sogar das Bild, das über dem Sofa hängt: eine braune Tischdecke mit Fransen, darauf Weintrauben und ein halb volles Glas, und mitten im Bild ein toter Fasan, dessen Kopf vorn über die Tischkante hängt.

Der Bücherschrank sieht ein bisschen aus wie der von Anna, und wie bei Anna stehen dicke alte Bücher darin, manche mit goldener Schrift auf dem Rücken. In der Ecke neben dem Fenster steht ein reich verzierter, großer Schreibtisch mit einem Fächeraufsatz, ein Sekretär. In diesem Raum herrscht eine seltsame Atmosphäre, würde Carlotta bestimmt sagen. Und Samuel denkt: Der Geist dieses Zimmers ist ein Gespenst. Wenn wenigstens der Teppich ein bisschen heller wäre. Aber er hat fast die gleichen Farben wie das Sofa und die Sessel. Und sogar die Gardinen sind dunkelrot.

»Man merkt, dass hier keine Kinder wohnen«, flüstert ihm Nicki zu.

Aber Frau Ehrlicher, die gerade mit einem Tablett aus der Küche kommt, hat es doch gehört. »Stimmt«, sagt sie und stellt zwei Gläser Limonade und eine Schale mit Keksen auf den Tisch. »Das merkt man. Mir hat es immer sehr Leid getan, dass wir keine Kinder bekommen haben, mein seliger Mann und ich. Dabei habe ich mir mindestens vier gewünscht. Aber der liebe Gott hat es nicht gewollt.« Sie seufzt, doch gleich darauf lächelt sie wieder und sagt: »Na ja, das ist lange her.« Sie setzt sich in einen Sessel und schaut Nicki und Samuel an. »Was verschafft mir die Ehre eures Besuchs?«

Samuel nimmt einen Keks, um Zeit zu gewinnen. Er weiß nicht so recht, wie er anfangen soll.

Nicki trinkt einen Schluck Limonade, stellt das Glas vorsichtig zurück auf den Tisch, wischt sich mit dem Handrücken über die Lippen und sagt: »Wir haben uns überlegt, dass Sie ein Haustier brauchen könnten, Frau Ehrlicher. Deshalb möchten wir Ihnen gern eine kleine, süße Katze schenken.« Sie schaut Frau Ehrlicher mit ihren schönen Augen an, die sie wirklich von ihrer Mutter geerbt hat, und blinzelt noch nicht einmal.

Frau Ehrlicher lacht ein breites, freundliches Lachen. »So, so, das habt ihr euch überlegt.« Sie setzt ihre runde Brille ab und betrachtet Nicki forschend. Nicki senkt den Blick und nimmt einen Keks. »Ihr sucht also einen Platz für ein Kätzchen«, sagt Frau Ehrlicher. Nicht als Frage, sondern als Feststellung.

»Für drei«, sagt Samuel und presst die Lippen zusammen. Es ist ihm einfach rausgerutscht. Nicki wirft ihm einen strafenden Blick zu. Er schaut aus dem Fenster und knabbert an einem Keks.

»Für drei also«, sagt Frau Ehrlicher. »Und warum annonciert ihr nicht im *Stadtanzeiger* oder hängt einen Zettel ans schwarze Brett im Supermarkt?«

Sie drucksen herum, und es stellt sich heraus, dass Nicki gar nicht so gut schwindeln kann, wie Samuel gedacht hat. Es dauert nicht lange und Frau Ehrlicher kennt die ganze Geschichte. Sie macht ein zweifelndes Gesicht und schüttelt den Kopf. »So ganz richtig finde ich das ja nicht.«

»Besondere Umstände erfordern besondere Maßnahmen«, verteidigt sich Nicki. »Das sagt mein Vater auch immer.«

Aber Frau Ehrlichers Gesicht verliert den zweifelnden Ausdruck nicht. »Ob er damit wirklich gemeint hat, dass seine Tochter eine Katze kidnappen soll? Sag mal, Nicole, ist dein Vater nicht bei der Polizei?«

»Ja«, sagt Nicki.

Frau Ehrlicher schüttelt noch einmal den Kopf, doch dann grinst sie und sagt: »Geht mich ja nichts an, also lassen wir das. Aber ob ich eine Katze nehmen möchte oder nicht, das kann ich nicht so schnell entscheiden. Ich brauche ein bisschen Zeit zum Nachdenken.«

Samuel kann das gut verstehen, aber Nicki macht ein enttäuschtes Gesicht.

Frau Ehrlicher sieht es auch und spricht schnell weiter. »Wisst ihr was? Kommt morgen wieder, dann gebe ich euch Bescheid. Um vier, einverstanden? Dann backe ich Zimtschnecken für euch. Früher war ich berühmt für meine Zimtschnecken, deine Mutter kann es dir bestätigen, Nicole. Niemand backt bessere Zimtschnecken als ich. Kommt ihr?«

Samuel nickt. Er weiß zwar nicht, ob er Zimtschnecken mag, er hat noch nie welche gegessen, aber das sagt er nicht laut. Er will nicht unhöflich zu dieser Frau sein, die abends, wenn sie ihre Rollläden runterlässt, »Gute Nacht, Samuel« sagt. Er nimmt sich noch einen Keks und fragt: »Dürfen wir mal ihre Fische sehen?«

»Ach, siehst du das Aquarium von deinem Zimmer aus?«

Er nickt und sie steht bereitwillig auf. »Natürlich dürft ihr. Kommt mit in die Küche.«

Samuel und Nicki folgen ihr. Die Küche sieht ganz anders aus als das Wohnzimmer. Sie hat eine andere Atmosphäre, würde Carlotta sagen. Samuel findet sie einfach sehr freundlich und sehr gemütlich. Die Möbel sind aus hellem Holz und die Vorhänge weiß mit grünen Tupfen. An der Wand neben dem Fenster und dem Aquarium steht ein Sofa, genau an der Stelle, wo bei Samuel zu Hause der Esstisch aus der Wohnung am Nordpark seinen Platz hat. Das Sofa ist hellgrün, wie die Birkenblätter im Frühjahr. Am Kopfende liegen ein blaues und ein grünes Kissen, über dem Fußende hängt eine locker gefaltete dunkelgrüne Wolldecke. Der Tisch steht rechts neben der Wohnzimmertür. Er ist klein und hat nur zwei Stühle. In seiner Mitte, auf einem weißen Deckchen, steht eine Glasvase mit rosa Rosen.

Über dem Sofa hängt ein gerahmtes Bild. Kein toter Fasan, sondern Leute, die auf einer Wiese sitzen und Picknick machen. Es kommt ihm bekannt vor. Natürlich, genau so ein Bild hängt bei Tante Corinna im Wohnzimmer. »Mein Manet«, sagt sie immer. »Nur ein Druck, aber schön.« Das Bild passt sehr gut in diese Küche, denkt Samuel. Und die Küche passt sehr gut zu Frau Ehrlicher.

Nicki steht schon vor dem Aquarium und bestaunt die vielen bunten Fische. Sie sagt »oh« und »ah« und »toll« und »super«.

Samuel stellt sich neben sie. Und dann fragt er, obwohl er die Antwort zu kennen glaubt: »Warum haben Sie Ihr Aquarium in der Küche? Alle anderen Leute haben ihre Aquarien im Wohnzimmer.«

Frau Ehrlicher nickt. »Stimmt. Ich halte mich eben meistens in der Küche auf. Oder auf der Terrasse. Aber dort ist es den Fischen im Sommer zu warm und im Winter zu kalt. In der Küche geht es ihnen viel besser. Und wenn ich koche, kann ich meinen Fischen was erzählen. Manchmal lese ich ihnen sogar besonders interessante Artikel aus der Zeitung vor.«

Samuel kichert. »Damit sie wissen, was auf der Welt vor sich geht.«

»Mit einer Katze könnten Sie noch viel besser sprechen«, sagt Nicki. »Eine Katze kann richtig gut zuhören.«

»Ja, und eine Katze kann sogar Antwort geben«, fügt Samuel hinzu. »Sie kann maunzen und schnurren oder durch ihre Bewegungen zeigen, was sie denkt. Ob sie sich wohl fühlt oder so. Das können Fische nicht.«

Frau Ehrlicher bringt die Limogläser und die Kekse aus dem Wohnzimmer und stellt sie auf den Küchentisch. »Ihr lasst nicht so schnell locker, was? Das ist gut. Nur nicht gleich aufgeben, wenn man was erreichen will.«

Nicki nimmt noch einen Keks und setzt sich auf das birkengrüne Sofa. Dabei lässt sie die Fische nicht aus den Augen. »Ich wünsche mir auch ein Aquarium«, sagt sie sehnsüchtig. »Frau Ehrlicher, Fische machen doch keine Allergien, oder? Meine Schwester hat nämlich Asthma und ist gegen Katzen- und Hundehaare allergisch.«

»Nein«, sagt Frau Ehrlicher, »gegen Fische ist niemand allergisch.«

Und dann fängt sie an, ihnen die Namen der Fische zu nennen und wo sie herkommen. »Aber ich habe sie einfach in einer Zoohandlung gekauft«, sagt sie. »Manchmal schaue ich mir in Büchern die Meere und Länder an, aus denen sie stammen. Dann stelle ich mir vor, ich würde dort schwimmen gehen und im Wasser ihren Brüdern und Schwestern begegnen, einfach so.«

Später, als sie wieder im Schuppen sind, fragt Nicki: »Glaubst du, dass sie ein Kätzchen nimmt?«

Samuel nickt. Er hebt Weißohr hoch und drückt ihr einen Kuss auf das Clownsgesicht. »Vielleicht kommst du ja zu ihr«, sagt er. »Dort würde es dir bestimmt gefallen. Die Küche ist sehr schön und du hättest einen großen Fernseher mit einem spannenden Fischprogramm. Rund um die Uhr und ganz für dich allein.«

Weißohr maunzt und leckt mit ihrer winzigen rauen Zunge über seine Finger. Das kitzelt.

Abends, nachdem er seiner Mutter noch eine SMS geschickt hat, geht er zum Fenster, um den Rollladen herunterzulassen. In Frau Ehrlichers Küche brennt Licht, das Fenster ist gekippt. Aber sie ist nicht zu sehen. Vielleicht sitzt sie ja auf ihrem birkengrünen Sofa und liest ihren Fischen etwas aus der Zeitung vor.

»Gute Nacht, Frau Ehrlicher«, sagt er leise und geht ins Bett. Wieder ist ein Tag ohne seine Mutter vorbeigegangen. Sie hat ihm nur eine SMS geschickt, dass sie ihn lieb hat.

Vielleicht kommt sie ja morgen, oder spätestens übermorgen. Dann ist die Woche vorbei. Daran, dass sie vielleicht gar nicht wiederkommt, wagt er nicht zu denken. Sie hat doch gesagt, mach dir keine Sorgen, so schlimm ist es nicht. Nur ein bisschen Abstand von der Familie. »Gute Nacht, Mama«, sagt er. »Schlaf gut. Und eine Woche Abstand reicht, finde ich.«

12. Zimtschnecken oder Was kommt, wird gefüttert, sagt Frau Ehrlicher

Die Zimtschnecken schmecken wunderbar. So etwas Gutes hat Samuel noch nie gegessen. Er ist erleichtert, er hat es gar nicht nötig, sich aus Höflichkeit zu verstellen und etwas hinunterzuwürgen, was ihm nicht schmeckt. Dabei hat er sich morgens in der Schule, während Frau Herzberg von den Alpen erzählte, genau überlegt, was er sagen könnte, ohne zu lügen. Nämlich: Es sind die besten Zimtschnecken, die ich je gegessen habe. Eine so freundliche Frau darf man nicht kränken, wenn sie sich schon die Arbeit macht und extra für Nicki und ihn backt. Er wünscht sich so sehr, dass sie ein Kätzchen nimmt. Am liebsten Weißohr. Dann würde er sie nicht ganz aus den Augen verlieren. Bestimmt würde sie manchmal in der Küche auf dem Fensterbrett sitzen. Katzen tun so etwas gern, das hat er schon oft gesehen. Er könnte sich ja ein Fernglas zum Geburtstag wünschen, um Weißohr besser zu sehen.

Jakob hat ihm einen Zettel zugeschoben. »Ich habe ein

neues Video. *Toy Story 2*. Es ist sehr komisch. Willst du es heute Nachmittag mit mir anschauen?«

Samuel hat geantwortet: »Heute geht nicht. Was ist mit morgen? Willst du vielleicht eine kleine Katze?«

Jakob schrieb ziemlich lange, bevor er Samuel seine Antwort unter den aufgeschlagenen Atlas schob. »Morgen ist in Ordnung. Und was die Katze betrifft: Wollen schon, aber nicht dürfen. Wir fahren zu oft weg, um uns Tiere anzuschaffen, sagen meine Eltern. Und mein Vater sagt, ich soll mir meine Tiere lieber selbst malen. Die wären auch sehr schön und würden keine Ansprüche stellen.«

Samuel hat den Zettel in seine Hosentasche geschoben und ein aufmerksames Gesicht gemacht, als Frau Herzberg zu ihnen herschaute und vorwurfsvoll den Kopf schüttelte.

In der Pause fragte Jakob: »Wieso Katze? Hast du eine Katze mit Jungen?«

»Nein, aber die Katze von unseren Nachbarn hat Junge, und jetzt suchen sie nach Leuten, die sie aufnehmen«, hat Samuel geantwortet und schnell von etwas anderem gesprochen, nämlich von Autofahrten über die Alpen, auf dem Weg nach Italien. Es war ihm nicht recht, dass er Jakob anlügen musste. Aber Nicki will nicht, dass Jakob etwas von Minka erfährt, Samuel hatte schon zweimal versucht, sie dazu zu überreden. Aber vergeblich. In der Pause nahm er sich vor, das Thema noch einmal anzuschneiden. Wenn sie besser gelaunt sein würde.

Jetzt, in Frau Ehrlichers Küche, ist ihre Laune ausgezeichnet. Sie schließt beim Kauen die Augen, so gut schmeckt es ihr. Dann schluckt sie und fragt artig: »Kann ich noch eine haben?«

Frau Ehrlicher lacht zufrieden. »Aber ja, Nicole. Iss, so viel du willst. Ich freue mich doch, wenn es dir schmeckt. Und du, Samuel? Schmeckt es dir auch?«

Er nickt. »Ich habe noch nie Zimtschnecken gegessen. Sie sind sehr lecker. Kann ich mir auch noch eine nehmen?«

Drei schafft er, mehr nicht. Nicki gibt erst nach der vierten auf, mit einem bedauernden Blick auf die vielen Zimtschnecken, die noch auf dem Kuchenteller liegen.

Frau Ehrlicher lehnt sich zufrieden zurück, faltet die Hände über ihrem dicken Bauch und sagt: »Also, ich hab's mir überlegt. Ihr könnt mir eine kleine Katze bringen.«

»Jetzt noch nicht«, sagt Nicki schnell. »Sie sind noch nicht mal drei Wochen alt.«

»Gut, dann eben später. Wie alt sollen sie denn sein, damit man sie von ihrer Mutter wegnehmen kann?«

»Mindestens neun Wochen«, sagt Nicki. »Steht im Katzenratgeber. Welches wollen Sie denn? Sie sind alle schwarz mit weißen Flecken. Oder umgekehrt. Wir haben sie nach den weißen Flecken genannt: Weißohr, Weißbrust und Weißpfote.«

»Es ist mir egal, welche«, sagt Frau Ehrlicher. »Süß sind sie bestimmt alle drei, oder?«

»Und ob!«, sagt Nicki stolz.

»Und wir wissen auch nicht, ob sie Jungen oder Mädchen sind«, gibt Samuel zu. »Wir tun nur so, als wären alle drei Mädchen.«

Frau Ehrlicher lacht. »Das ist mir auch egal. Früher haben die Frauen immer gesagt, was kommt, wird gewickelt. Das sage ich jetzt auch: Was kommt, wird gefüttert.«

»Meine Tante hat das auch gesagt, als sie einen dicken Bauch hatte«, ruft Nicki. »Wenn jemand sie gefragt hat, was es denn wird, hat sie immer gesagt: Das will ich gar nicht wissen. Was kommt, wird gewickelt.«

»Da seht ihr's«, sagt Frau Ehrlicher. »Das ist die richtige Einstellung.« Sie lehnt sich zurück und betrachtet nachdenklich ihr Aquarium. »Ich werde mich um eine feste Abdeckung kümmern müssen. Nicht dass sich mein neuer Mitbewohner plötzlich als Hobbyangler entpuppt. Oder als Anglerin.«

»Kennen Sie sich eigentlich mit Katzen aus?«, fragt Nicki besorgt.

Frau Ehrlicher wirft ihr einen Blick zu, ein bisschen spöttisch, ein bisschen traurig, und sagt: »Ach Kind, wenn man so alt ist wie ich, hat man von vielen Dingen zumindest eine Ahnung. Mach dir keine Sorgen, ich weiß, wie man mit Katzen umgeht. Ich weiß, was sie essen, dass sie ein Katzenklo brauchen und gern zu ihren Menschen ins Bett kommen. Dagegen habe ich nichts.«

»Meine Großeltern haben einen Hund«, erzählt Samuel. »Und meine Schwester hatte mal eine weiße Maus. Aber als die gestorben ist, wollten ihr meine Eltern keine neue erlauben. Sie haben behauptet, die Maus hätte ihr ganzes Zimmer voll gestunken. Ich hatte noch nie ein Tier, ein lebendiges, meine ich. Ich habe nur tote.«

»Er sammelt Käfer«, erklärt Nicki, bevor Frau Ehrlicher etwas fragen kann.

Frau Ehrlicher schaut Samuel erstaunt an. »Das ist ja toll«, sagt sie. »Mein Mann hat sich auch für alles interessiert, was es in der Natur gibt. Und er hatte ein paar wunderschöne Bücher über Tiere und Pflanzen. Besonders eins. Erinnere mich daran, dass ich es dir einmal zeige, Samuel. Aber nicht heute. Heute pappt und klebt alles von den Zimtschnecken und das Buch ist sehr alt und sehr kostbar.«

Samuel nickt. Er wirft dem Teller mit den Zimtschnecken einen bedauernden Blick zu. Wirklich schade, dass er schon zu satt ist.

Er steht auf und geht zum Fenster, um zu seinem Haus hinüberzuschauen. Und plötzlich fängt sein Herz heftig zu klopfen an. Die Terrassentür steht offen. Ist seine Mutter nach Hause gekommen? Oder nur Pauline?

»Ich muss heim«, sagt er und dreht sich wieder um. »Ich habe ganz vergessen, dass ich noch mein Zeug aufräumen muss. Sonst kriege ich Ärger.«

»Gut«, sagt Frau Ehrlicher und erhebt sich von ihrem Sofa. »Besucht mich bald wieder. Die restlichen Zimtschnecken friere ich ein. Dann kann ich sie einfach aufbacken, wenn ihr kommt. Das geht ruck, zuck.«

Sie bedanken sich noch einmal bei Frau Ehrlicher für die Zimtschnecken und dafür, dass sie ein Kätzchen nimmt.

Draußen seufzt Nicki zufrieden. »Eins ist versorgt. Ich gehe gleich noch mal zu Minka und erzähle es ihr.« Sie streicht sich über den Bauch. »Wenn ich nur nicht so satt wäre. Ich glaube, die vierte Zimtschnecke war schon eine zu viel.«

An der Ecke der Ahornstraße trennen sie sich und Samuel rennt nach Hause.

Aber seine Mutter ist nicht da. In der Küche sitzen Pauline und Hilka und essen Käsebrote. Samuel fällt es schwer, seine Enttäuschung zu verbergen, obwohl er Hilka mag. Sie ist ihm die liebste von Paulines Freundinnen.

»Ich schlafe heute bei euch«, verkündet Hilka. »Und ich habe dir etwas mitgebracht, Sami.« Sie holt aus ihrem Ranzen eine Schachtel und hält sie ihm hin. »Vorsichtig.«

Samuel nimmt die Schachtel. »Danke.«

»Guck doch erst rein, bevor du dich bedankst«, sagt Hilka. »Eine Küchenschabe. Du kannst dir nicht vorstellen, was für ein entsetztes Gesicht meine Mutter gemacht hat. Aber ich habe gleich an dich gedacht. Hast du schon eine?«

»Nein«, sagt Samuel. Er macht vorsichtig die Schachtel auf. »Oh, ist die schön.«

Hilka kichert. »Schön? Das sollte meine Mutter hören, die würde dir was anderes erzählen.«

Sorgsam trägt Samuel die Schabe hinauf in sein Zimmer und betrachtet sie mit der Lupe. Dann schlägt er in seinem Käferbuch nach. Es ist wirklich eine Gemeine Küchenschabe, *Blatta orientalis*, 2,1 cm lang. Er nimmt eine der Streichholzschachteln, die er auf Vorrat beklebt hat, und macht sich ans Bemalen. Die Konturen zeichnet er mit Bleistift, damit er sie immer wieder wegradieren kann, bis die Umrisse und die bedornten Beine der Schabe richtig aussehen und die Größenverhältnisse stimmen. Erst dann benutzt er die dünnen Filzschreiber. Ich muss unbedingt wieder in den Wald, überlegt er dabei.

Ihm fällt auf, dass er noch nie so wenig Zeit gehabt hat, sich um die Erweiterung seiner Sammlung zu kümmern. Schließlich verbringt er jeden Tag ein, zwei Stunden mit Nicki und den Katzen. Und heute war er bei Frau Ehrlicher. Für morgen ist er wieder mit Jakob verabredet. Macht nichts, denkt er. In den großen Ferien werde ich mehr Zeit haben, als mir lieb sein kann. Dann sind die Kleinen bei ihren neuen Familien, Minka ist wieder bei ihren Besitzern und Nicki fährt mit ihren Eltern und ihrer Schwester in Urlaub. Jakob bestimmt auch. In den großen Ferien wird er ganz allein zurückbleiben.

Aber bis zu den großen Ferien ist es noch lang hin.

Am nächsten Tag schaut Samuel nach dem Mittagessen mit Jakob das neue Video an. Es ist wirklich sehr witzig und spannend. Manchmal vergisst Samuel, an seine Mutter zu denken, und ertappt sich dabei, dass er immer wieder laut lacht.

Dann versucht Jakob, ein Porträt von Samuel zu malen. Aber es wird so komisch, dass sich beide den Bauch halten vor Lachen. Vielleicht sind sie auch noch von *Toy Story 2* in so einer aufgedrehten Stimmung. Samuel sagt: »Schade, dass ich kein Löwe bin, sonst würdest du mich besser hinkriegen.«

»Aber auf meinem Bild siehst du ein bisschen aus wie ein Panther.«

»Eher wie eine Fledermaus«, sagt Samuel und sie müssen noch mehr lachen.

Nicki ist nicht da, der Schuppen ist abgeschlossen. Samuel geht zum Haus und klingelt. Zweimal kurz. Nickis Mutter macht ihm auf. »Ach, du bist es, Sami«, sagt sie. »Nicki musste zum Zahnarzt. Fast hätte sie den Termin vergessen. Aber sie wird wohl bald wieder da sein. Willst du so lange reinkommen?«

Er schüttelt den Kopf. »Nein danke, meine Mutter wartet auf mich.«

Aber das tut sie nicht. Samuel ist wütend. Er hat sich so sehr auf eine Woche eingestellt, obwohl Pauline es ihm nicht versprochen hat. Natürlich nicht. Sie hatte nur gesagt: »Vielleicht in einer Woche, wer weiß das schon.« Trotzdem fühlt er sich irgendwie betrogen.

»Ich komme fast jeden Tag zu spät in die Schule«, sagt er zu seiner Mutter, als sie abends anruft. »Und meine Hausaufgaben mache ich auch nicht, dass du's nur weißt.«

Aber statt sich aufzuregen, lacht seine Mutter ein bisschen traurig und so zärtlich, dass es ihm Tränen in die Augen treibt. Obwohl er doch eigentlich wütend ist. »Ach Sami, ich weiß, dass das nicht stimmt«, sagt sie. »Ich habe gestern mit Frau Herzberg telefoniert. Versuch bitte nicht, mich zu erpressen.«

»Wann kommst du zurück?«

»Bald, hoffe ich. Ist Papa schon da?«

»Ja. Er ist in der Küche und macht das Abendessen. Spaghetti mit Fertigsoße aus dem Glas. Deine schmeckt besser.«

»Ruf ihn doch mal«, sagt seine Mutter.

Und Samuel ist so erstaunt, dass er einfach tut, was sie verlangt hat.

Sein Vater geht mit dem Telefon hinauf ins Schlafzimmer und macht die Tür hinter sich zu. Samuel kann kein Wort verstehen, auch als er zufällig ins Badezimmer muss und an der Schlafzimmertür vorbeikommt. Außerdem wird unten gerade die Haustür aufgeschlossen. Pauline kommt heim.

Beim Abendessen ist der Vater ziemlich wortkarg. Genau genommen sagt er gar nichts, bis sich Pauline über die scheußliche Spaghettisoße beschwert. »Selbst gemachte Tomatensoße schmeckt viel besser«, mault sie. »Ich freu mich schon, wenn Mama wiederkommt …«

Da unterbricht er sie und sagt: »Wenn Mama wiederkommt.«

Die gleichen Worte, aber mit der Betonung auf dem »wenn«.

Samuel erstarrt und lässt die Gabel mit den aufgerollten Spaghetti wieder auf den Teller sinken. Er hat das Gefühl, als würde er eine Gänsehaut bekommen. Innerlich.

Er hat keinen Hunger mehr. Aber niemand sagt: »Noch ein bisschen, Sami«, oder: »Du musst mehr essen, du bist doch im Wachsen.« Seinen Vater und seine Schwester scheint es nicht zu interessieren, ob er hungrig ins Bett geht. Oder ob er bald immer dünner wird, bis nichts mehr von ihm übrig bleibt.

Er muss seine Mutter sehen und mit ihr sprechen. Wie kann er bloß herausfinden, wo sie ist? Und dann sieht er auf einmal Mamas neue Kollegin vor sich, diese Ingrid Schober in dem grünen Flattermantel. Und er wundert sich, dass er nicht schon früher auf diese Idee gekommen ist. Die weiß es doch bestimmt. Vor ihr braucht sich die Mutter nicht zu verstecken, mit ihr hat sie keinen Streit.

Morgen werde ich auf sie warten, denkt er. Morgen habe ich nur fünf Stunden, da kann ich um eins vor der Praxis sein. Dann frage ich sie, wo Mama ist. Bestimmt sieht sie ein, wie wichtig es ist, und sagt es mir.

Und dann … Ja, was dann? Dann wird er einfach zu ihr fahren.

Plötzlich fällt ihm ein, dass er nicht mehr viel Geld hat. Seine Sparkuh ist fast leer. Minka hat wirklich immer Hunger. Um mit der S-Bahn in die Stadt zu fahren, würde sein Geld natürlich reichen. Aber wenn die Mutter woanders ist? Weiter weg?

Dann muss er sich eben Geld von seinem Vater leihen, der gibt ihm sicher welches. Ich brauche dringend ein neues Buch über Insekten, wird er sagen. Ein großes, dickes, teures. Du kannst dir das Geld von meinem Sparbuch holen. An meinem Geburtstag bekomme ich sowieso wieder hundert Euro von Oma und Opa und fünfzig von Tante Corinna. Aber ich brauche das Buch schon jetzt.

Samuel zieht seinen Pyjama an, um gar nicht erst eine Debatte über Schlafenszeiten aufkommen zu lassen, und geht die Treppe hinunter. Die Wohnzimmertür ist geschlossen. Er streckt schon die Hand nach der Klinke aus, da hört er, wie sein Vater seinen Namen sagt.

»Und was wird mit Sami? Schließlich kommt er jetzt ins Gymnasium. Was ist, wenn seine Noten …«

Pauline unterbricht ihn laut und zornig. »Ausgerechnet darum machst du dir Sorgen. Hast du je mit ihm Hausaufgaben gemacht? Im Übrigen solltest du froh sein, wenn er mal eine schlechtere Note bekommt, wenn er ein bisschen normaler wird, der kleine Klugscheißer.«

»Und Essen?«, fragt der Vater.

»Alles nur eine Frage der Organisation«, sagt Pauline etwas ruhiger. »Bei Hilka zu Hause wird immer erst abends warm gegessen.«

Der Vater sagt etwas, was Samuel nicht versteht, nur das Wort »Problem« kann er heraushören.

Dafür spricht jetzt Pauline umso lauter. »Ja«, sagt sie mit höhnischer Stimme. »Immer wenn dir nichts mehr einfällt, bin ich noch ein dummes Kind, das nichts versteht. Vergiss nicht, dass ihr, Mama und du, noch nicht mal zwei Jahre älter wart als ich heute, als ihr mich gebastelt habt. Oder glaubst du etwa, ich kann nicht rechnen? Aber mir reicht's jetzt, gute Nacht.«

Man hört ihren Stuhl rücken, sie haben also am Esstisch gesessen. Samuel läuft schnell in die Küche, macht die Kühlschranktür auf und tut, als würde er heftig überlegen, für welchen Joghurt er sich entscheiden soll. Dabei sind nur zwei Sorten da, Erdbeer und Mango. Aber Pauline kommt nicht mehr in die Küche. Sie geht direkt hinauf in ihr Zimmer. An der Art, wie sie die Treppe hochstampft, kann man hören, wie wütend sie ist.

Stattdessen kommt sein Vater herein und gießt sich ein Glas Bier ein. Samuel nutzt die Gelegenheit und bittet ihn um das Geld für ein Buch. Denn jetzt muss er noch dringender zu seiner Mutter.

»Nur geliehen«, sagt er. »Du kannst es dir von meinem Konto bei der Sparkasse zurückholen.«

»Wie viel hast du denn noch drauf?«, fragt der Vater, aber seiner Stimme ist anzuhören, wie wenig es ihn tatsächlich interessiert.

»Siebenundsechzig Euro fünfundzwanzig.«

»Und wie viel willst du?«

»Vierzig?«, sagt Samuel und wundert sich, dass sein Vater anstandslos einen Zwanziger und zwei Zehner aus seinem Portemonnaie holt und ihm hinhält. Mit seiner Mutter hätte er länger diskutieren müssen.

Er geht in sein Zimmer und steckt die Scheine in seinen Brustbeutel. Er hat zwar keine Ahnung, wo seine Mutter ist, noch nicht, aber mit so viel Geld kann man bestimmt weit fahren. Und für Minkas Futter wird auch genug übrig bleiben.

An diesem Abend schläft Samuel zufrieden ein. Als würde der Entschluss, etwas zu unternehmen, schon ausreichen. Als wäre der Gedanke schon so gut wie die Tat.

13. Die Entdeckung oder Er hätte sie auch an ihrem kleinen Finger erkannt

Am nächsten Tag steht Samuel schon vor halb eins auf dem Marktplatz. Es ist ein schöner, heißer Sommertag, das richtige Wetter fürs Schwimmbad, denkt er. Der Platz vor der Bücherei ist leer, der Geigenspieler ist schon lange nicht mehr da gewesen. Bestimmt zieht er von einem Ort zum nächsten. Wie Remi mit der Truppe von Signor Vitalis. Komisch eigentlich, dass zu so einer Truppe nur Hunde oder kleine Affen gehören, nie irgendeine Katze. Lassen sich Katzen nicht dressieren? Samuel nimmt sich vor, Nicki zu fragen, die ist inzwischen Katzenexpertin geworden.

Und bald wird sie Fischexpertin sein. Sie hat sich in der Bücherei mit ihrem neuen Ausweis drei Bücher über Fische ausgeliehen. »Ich habe Frau Oswald auch gleich Bescheid gesagt, dass sie die Katzenbücher verlängern soll«, hat sie gesagt. »Und stell dir vor, sie kennt sich mit Fischen aus. Sie hat mir geraten, mit Goldfischen und einem sehr einfachen Aquarium anzufangen. Sie will sogar auf ihrem Speicher nachschauen, ob da nicht noch eines rumsteht, von ihren Kindern. Das könnte ich dann haben. Toll, nicht?«

Frau Oswald steht an der Theke. Als sie Samuel sieht, lacht sie und hebt die Hand. Er winkt zurück. Sie erinnert ihn schon lange nicht mehr an Anna, das war nur auf den ersten Blick. Er hat sie nun schon so oft gesehen, dass er gar nicht weiß, beim wie vielten Blick er inzwischen angelangt ist. Jedenfalls sieht sie nur noch aus wie Frau Oswald. Und wenn er an sie denkt, hat sie immer einen Stapel Bücher in der Hand. Schade, dass ich meinen Büchereiausweis nicht dabeihabe, überlegt er, dann könnte ich mir auch ein Buch über Fische ausleihen. Damit ich mitreden kann, wenn Nicki davon anfängt. Er mag es nämlich gar nicht, wenn er nicht mitreden kann.

»Sami!«, ruft jemand laut. »He, Sami!«

Samuel dreht sich um und sucht mit den Augen, wo die Stimme herkommt. Dann sieht er einen Arm, der durch die Luft geschwenkt wird. Auf dem Brunnenrand sitzt ein Junge, den Kopf halb zur Seite gedreht, und winkt. Es ist Carlo aus seiner Klasse.

Samuel läuft so schnell zu ihm hinüber, dass er fast eine Frau mit zwei Einkaufstüten umrennt. Im letzten Moment kann er noch ausweichen. »Hast du keine Augen im Kopf?«, schimpft sie ihm hinterher.

Carlo hat seine Sandalen ausgezogen und lässt die nackten Füße ins Wasser hängen. »Komm doch«, sagt er und klopft mit der Hand neben sich.

Das lässt sich Samuel nicht zweimal sagen. Froh, dass er sich die Wartezeit nicht allein vertreiben muss, legt er seinen Ranzen neben den Brunnenrand und schlüpft aus den Sandalen. »Eine prima Idee«, sagt er begeistert. Dann sitzt er neben Carlo und bewegt die Füße im Wasser, das sich überraschend kühl anfühlt. Die Fontäne in der Mitte sprüht Wasserstrahlen in die Höhe, Wasser, das als kreisförmiger Regen wieder zurückfällt in den Brunnen. Die Tröpfchen glitzern so hell in der Sonne, dass Samuel geblendet die Augen zusammenkneifen muss.

»Toll, nicht wahr?«, sagt Carlo. »Ich komme oft hierher, um mich abzukühlen. Ich habe es ja nicht weit. Ich wohne dort drüben.« Er macht eine Handbewegung zum *Fontana di Trevi* hinüber.

»Dort haben wir am Samstagabend gegessen«, sagt Samuel.

»Es war gut, oder?«, fragt Carlo.

»Prima. Ich hatte Spaghetti Carbonara.«

Carlo nickt stolz. »Das Restaurant gehört uns. Und meine Mama kocht ausgezeichnet, das sagen alle. Und mein Papa macht die besten Pizze der ganzen Stadt. Sagen auch alle. Hast du gesehen, wie er sie mit einer Hand kreisen lässt und sie dann in die Luft wirft und wieder auffängt?«

Samuel schüttelt den Kopf. »Nein, ich habe ihn überhaupt nicht gesehen, auch deine Mama nicht. Nur einen Kellner mit einem Pferdeschwanz.«

»Das war Roberto, mein Bruder. Er studiert schon, aber am Wochenende ist er oft zu Hause und hilft meinen Eltern im Restaurant.« Carlo hebt den rechten Fuß und lässt ihn wieder fallen. Das Wasser platscht hoch und spritzt bis in ihre Gesichter.

Samuel lacht. »Dein Bruder hat meiner Schwester schöne Augen gemacht.«

Carlo verzieht das Gesicht. Es soll wohl etwas verächtlich aussehen, aber in seiner Stimme liegt Anerkennung, ja Bewunderung. »Roberto hat hübsche Mädchen sehr gern. Ist deine Schwester hübsch?«

Samuel zögert. Darüber hat er nie nachgedacht. Wer denkt schon über so etwas nach? Eine Schwester ist eine Schwester, nicht mehr, aber auch nicht weniger. Er sieht sie vor sich. Sie lacht so ansteckend, wie nur sie lachen kann. Aber so ein Lachen kann man nicht beschreiben. »Sie hat blonde Haare und blaue Augen und eine Stupsnase. Ja, ich glaube, sie ist hübsch.«

»Ja, dann …«, sagt Carlo.

Sie schweigen eine Weile und plätschern mit den Füßen im Wasser.

Ab und zu sprüht ein leichter Windhauch feine Wassertröpfchen von der Fontäne herüber zu ihnen. Das fühlt sich schön an.

Dann fragt Samuel: »Wenn deine Eltern beide im Restaurant arbeiten, wer kümmert sich dann um dich?«

Carlo schaut Samuel erstaunt an. »Wieso kümmern? Ich kann mich doch selbst um mich kümmern. Wenn ich aus der Schule komme, esse ich im Restaurant, in der Küche, dann gehe ich hinauf in die Wohnung. Meistens mache ich Hausaufgaben, bevor ich Freunde besuche oder meinen Cousin Renato. Manchmal spiele ich auch mit den Jungen auf dem Feld Fußball oder ich gucke fern oder so.«

»Und deine Eltern?«

»Meine Eltern kommen um drei herauf, aber da müssen sie sich immer ausruhen, weil sie um sieben Uhr abends das Restaurant schon wieder aufmachen. Außer Montag, da ist Ruhetag. Aber sonst arbeiten sie jeden Tag bis in die Nacht. Deshalb mache ich mir mein Frühstück immer selbst, damit sie morgens länger schlafen können.«

Samuel versucht sich das vorzustellen. Es gelingt ihm ganz gut, denn im Moment ist es bei ihm auch nicht viel anders. Bis auf das Mittagessen, das muss er sich allein in die Mikrowelle schieben.

»Und wer kontrolliert deine Hausaufgaben?«, fragt er.

»Meine Hausaufgaben?« Carlo zuckt mit den Schultern. »Niemand. Ginge auch gar nicht, sie sprechen beide nicht so gut Deutsch wie Roberto und ich. Roberto hat gesagt, wenn ich im Herbst ins Gymnasium komme, wird er mich manchmal am Wochenende ausfragen, ob ich auch alles kapiert habe. Aber jetzt muss ich rein, um eins bekomme ich immer mein Essen.«

Samuel schaut auf die Uhr. »Oh, schon so spät«, ruft er erschrocken. »Ich muss auch weg. Bis morgen, Carlo.«

»Ciao«, sagt Carlo. Beide ziehen ihre Schuhe an und laufen los, Carlo hinüber zum *Fontana di Trevi*, Samuel zur Marktgasse.

Er biegt gerade um die Ecke, da kommt eine Frau aus dem Haus Nr. 7 und wendet sich sofort nach rechts, sodass er nur ihren Rücken sieht. Aber sie ist klein, zierlich und dunkel, sie muss es sein. Natürlich hat sie den grünen Flattermantel nicht an, wer trägt schon einen Mantel bei dieser Hitze, sondern ein helles Kleid mit einem weiten Rock. Der Rock schwingt zur Seite, als sie abbiegt, und ihre Umhängetasche schlenkert mit. Sie muss es sein.

Jetzt bleibt sie stehen. Sie wendet den Kopf, schaut über die Schulter zurück. Samuel hebt schon die Hand, um ihr zuzuwinken, da merkt er, dass sie nicht zu ihm herüberschaut, sondern zu der Tür, aus der sie gerade gekommen ist. Und da tritt noch eine Frau heraus. Auch dunkelhaarig, aber größer. Samuel bleibt fast das Herz stehen. Die Frau biegt ebenfalls sofort nach rechts ab, sodass er ihr Gesicht nicht gesehen hat. Aber das ist auch nicht nötig. Samuel würde sie aus allen Frauen der Welt erkennen. Sogar an ihrem kleinen Finger. Sie hat eine weiße Jeans an und eine kurzärmlige rote Bluse. Mit kleinen Elefanten am Kragen. Die kann er auch nicht sehen, aber er weiß, dass sie da sind. So sicher, wie er weiß, dass diese Frau seine Mutter ist.

Wieso ist sie erst zur Praxis gegangen und nicht gleich nach Hause?, denkt Samuel verblüfft. Oder warum hat sie mich nicht von der Schule abgeholt? Aus welchem Grund wollte sie zuallererst diese Frau Schober sehen?

Und dann trifft ihn die Erkenntnis wie ein Schlag. Sie war nie weg. Sie ist die ganze Zeit in der Nähe gewesen. Nur nicht zu Hause.

Die beiden Frauen sind weitergegangen. Samuel muss rennen, um sie einzuholen. Aber ein paar Meter hinter ihnen hält er inne, ohne zu wissen, warum. Er hat sich so sehr nach seiner Mutter gesehnt und jetzt hält ihn etwas zurück. Er ist verwirrt. Er weiß nicht, ob er wütend ist oder froh oder beides. Er fühlt sich erleichtert und zugleich betrogen.

Im Abstand von einigen Metern folgt er den beiden Frauen und achtet darauf, sich immer hinter anderen Leuten zu verstecken. Aber diese Vorsicht ist überflüssig, sie schauen sich kein einziges Mal um. Sie biegen nach rechts ab, überqueren die Straße an einem Zebrastreifen und sind verschwunden. Samuel rennt hinterher, bis er sie wieder sieht. Sie stehen vor einem der alten Wohnblocks. Unter den am Straßenrand parkenden Autos erkennt er auch das kleine, rote seiner Mutter. Frau Schober wühlt in ihrer Handtasche, holt einen Schlüssel heraus und steckt ihn ins Haustürschloss.

»Mama«, ruft Samuel und rennt los.

Seine Mutter dreht sich sofort um und breitet die Arme aus.

Später sitzt Samuel mit seiner Mutter auf dem Sofa in Frau Schobers Wohnzimmer, während sie in der Küche das Mittagessen macht. »Ich glaube, ich lasse euch jetzt besser ein bisschen allein«, hat sie gesagt.

Seine Mutter hat den Arm um ihn gelegt, mit der anderen Hand streichelt sie ihn. Er drückt sich fest an sie, während sie auf ihn einredet. Wie sehr sie ihn vermisst hat und wie froh sie ist, dass er sie gefunden hat. Dass es nicht anders gegangen ist, weil sie unbedingt Abstand von Papa gebraucht hat. Und er und Pauline mussten ja in die Schule. Und sie hat gedacht, sie sollten ruhig mal sehen, wie es ohne sie ist. Vor allem Papa.

Samuel hört schon nicht mehr zu. Er hat den Kopf an ihre Schulter gelegt und riecht ihren Duft, den er so gut kennt, und wenn sie mit der Hand über sein Gesicht streichelt, steigt ein Hauch von Desinfektionsmittel in seine Nase. Auch dieser Geruch ist ihm vertraut. So riechen ihre Hände immer, wenn sie von der Arbeit kommt.

»Samuel, Rührei oder Spiegelei?«, ruft Frau Schober aus der Küche.

Samuel befreit sich aus der Umarmung seiner Mutter, auf einmal merkt er, wie heiß es im Zimmer ist, trotz der offenen Balkontür. Er wischt sich über das Gesicht. »Spiegelei, auf beiden Seiten gebraten«, ruft er zurück. Er schaut seine Mutter an und sagt: »Ach, Mama.«

Sie lacht zurück und sagt: »Ach, Sami.« Und dann fragt sie: »War es sehr schlimm für dich?«

»Nur morgens und abends«, sagt Samuel. »Sonst war es eigentlich ganz in Ordnung.« Schon während er das sagt, wundert er sich, dass es die Wahrheit ist. »Tagsüber hatte ich immer so viel zu tun«, sagt er, als müsse er sich dafür entschuldigen, dass er so gut ohne sie zurechtgekommen ist. Eigentlich. Nicht immer, aber grundsätzlich schon. »Das Schlimmste war, dass ich nicht gewusst habe, wo du bist.« Er hört selbst den Vorwurf in diesem Satz und fügt noch hinzu: »Das hättest du uns sagen müssen, Pauline und mir.«

»Aber dann hätte Papa es auch gleich erfahren«, verteidigt sich seine Mutter. So ganz überzeugt scheint sie auch nicht zu sein.

Dann sitzen sie zu dritt um den Tisch und essen Eier und Salat, dazu gibt es Baguette.

»Ich habe deiner Mutter gleich gesagt, dass einer von euch sie zufällig entdecken wird«, sagt Frau Schober. »Ich habe allerdings auf Pauline getippt.«

Samuel wischt sich mit der Papierserviette über den Mund. Für seinen Geschmack war das Ei zu fettig. Aber sonst genießt er das Essen.

»Ich wollte Sie eigentlich nur fragen, ob Sie wissen, wo Mama ist«, sagt er.

Frau Schober gießt sich noch ein Glas Wasser ein. »Hör doch auf mit dem Siezen, Samuel«, sagt sie. »Ich heiße Ingrid.«

»Weiß ich doch.« Samuel grinst. »Und ich heiße Sami.«

Die Mutter schaut von einem zum anderen, sichtlich erfreut, dass ihre Freundin und ihr Sohn sich gut leiden können. »Und was hast du die ganze Zeit gemacht, Sami?«, fragt sie. »Am Telefon hast du dich immer ausgeschwiegen.«

Da erzählt Samuel von Nicki, von Minka und den drei Kätzchen. Und dass sie für eines schon ein neues Zuhause gefunden haben.

Seine Mutter macht ein ähnlich zweifelndes Gesicht wie Frau Ehrlicher, als sie davon gehört hat. Aber Ingrid ist begeistert. »Sie muss ein tolles Mädchen sein, diese Nicki«, sagt sie. »Ich würde sie gern kennen lernen. Kannst du sie nicht mal mitbringen, Sami?«

Samuel nickt. »Natürlich. Sie ist wirklich toll.« Und mit einem Blick zu seiner Mutter fügt er hinzu: »Und kein bisschen zögerlich.«

Ingrid holt Eis zum Nachtisch, und Samuel fragt sie, ob sie nicht eine kleine Katze haben wolle. Sie breitet bedauernd die Arme aus. »Guck dich doch mal um, Sami. Eine Zweizimmerwohnung mit Balkon und ich bin den ganzen Tag bei der Arbeit. Das wäre doch kein Leben für eine kleine Katze, oder?«

Samuel schaut sich um. Dann nickt er. Und Ingrid fragt: »Warum nehmt ihr keine Katze? Ihr habt ein Haus und einen Garten und nachmittags ist immer jemand bei euch da.«

Samuel antwortet nicht, er schaut seine Mutter an. Die hebt abwehrend die Hände. »Keine Tiere. Ich habe noch nie mit Tieren gelebt. Schon meine Mutter war dagegen.« Und dann redet sie von Hygiene, von Katzenhaaren überall, von toten Mäusen, die Katzen ins Haus schleppen, von der Arbeit, die ein Tier macht.

Samuel sagt nichts, er hat diese Argumente schon so oft gehört. Immer wenn Pauline oder er wieder von dem Hund angefangen haben, den sie sich wünschen. Nein, gewünscht haben. Denn inzwischen haben sie sich damit abgefunden, dass sie keinen bekommen.

Aber Ingrid widerspricht. »Das mit den Katzenhaaren und den toten Mäusen stimmt ja. Ab und zu sind es sogar tote Vögel. Trotzdem finde ich dich ein bisschen egoistisch. Ein neuer Anfang für dich. Und was ist mit Samuel und Pauline?« Sie steht auf, räumt das Geschirr zusammen. »Kinder sollten ein Tier haben. Das ist gut für ihre Seele. Ich bin mit einem Hund aufgewachsen, und ich weiß, was er mir bedeutet hat. Vor allem, wenn es zu Hause Schwierigkeiten gab.«

Samuel schaut ihr nach, als sie in die Küche geht. Diese Ingrid Schober ist wirklich nicht übel.

Um halb drei müssen sie gehen. Ingrid in die Praxis, die Mutter in die Sprachenschule. Sie hat einen Intensivkurs in Englisch belegt. »Erstens muss ich mein Englisch aufpolieren«, sagt sie, »und zweitens muss ich mich wieder ans Lernen gewöhnen. Seit fünfzehn Jahren habe ich nichts mehr gelernt.«

»Ist das eine richtige Schule?«, fragt Samuel.

»So ähnlich. Aber es sind alles Erwachsene, die freiwillig in die Schule gehen. Es macht mir Spaß, etwas Neues zu lernen.«

Das kann Samuel gut verstehen. Er lernt ja auch gern.

»Und was ist mit Pauline und Papa?«, fragt er, als er seine

Mutter zum Abschied umarmt. »Dürfen sie wissen, wo du bist?«

»Ja«, sagt die Mutter. »Ich rufe Papa an und sage ihm Bescheid.«

Diesmal fragt Samuel nicht, wann sie nach Hause kommt. Im Moment ist es ihm nicht so wichtig, ob es morgen oder übermorgen sein wird. Oder nächste Woche. Hauptsache, er weiß, wo sie ist.

Und außerdem muss er sich beeilen. Bestimmt wartet Nicki schon auf ihn. Und Minka, Weißohr, Weißbrust und Weißpfote.

14. Lissi II oder
Wie der Zufall helfen kann

Vier Wochen sind die Kätzchen nun alt. Sie können schon sehr gut krabbeln und ein bisschen laufen, und ab und zu wagt sogar eines einen kleinen Sprung. Aber meistens landet es nicht auf den Pfoten, sondern rollt über den Boden, bevor es sich aufrappelt und verwundert den Kopf schüttelt.

Samuel schaut Nicki zu, wie sie Zusatzfutter für die Kätzchen zubereitet. Sie hat im Katzenbuch gelesen, dass es langsam Zeit dafür ist. Und auch, was die Kleinen brauchen. Die Dosenmilch stammt von ihrer Speisekammer, der Babybrei von ihrer kleinen Kusine. Gestern Abend hat sie ihre Tante besucht und heimlich einen Teil der Babyflocken aus der Schachtel in einen Gefrierbeutel abgefüllt. Sie hat auch ein Glas pürierte Karotten mitgehen lassen. »Aber damit warten wir noch ein paar Tage«, hat sie gesagt. »Erst probieren wir den Brei.«

»Du hättest das Glas nicht klauen müssen«, sagt Samuel. »Wir haben noch Geld. Vierzig Euro, die ich jetzt nicht brauche, nachdem ich meine Mutter gefunden habe.«

Nicki zuckt mit den Schultern. »Die Kleinen bleiben noch fünf Wochen hier, da wird es bald wieder knapp werden.«

Sie hat ein Schüsselchen vor sich stehen und rührt einen Löffel Flocken mit verdünnter Dosenmilch zu einem Brei. Einen Teelöffel davon kippt sie auf einen Unterteller. Sie schaut Samuel an. »Sag mal ehrlich, tut es dir nicht auch manchmal Leid, dass du dir bei dieser Hitze kein Eis kaufen kannst?«

»Doch«, gibt Samuel zu. »Aber dann brauche ich nur an die Kleinen zu denken und schon reicht mir ein Glas kaltes Wasser oder ein Apfel. Das ist sowieso gesünder.«

»Gesünder schon«, sagt Nicki, »aber bei weitem nicht so lecker.«

Dagegen kann Samuel nichts einwenden.

Nun steht der Unterteller zwischen den Katzenbabys auf der Decke. Die scheinen aber nicht zu verstehen, was gemeint ist. Weißohr tappt mit ihrer Pfote in das weißliche Zeug, sie hält es wohl für etwas zum Spielen. Nicki und Samuel schauen ratlos zu. Doch dann nimmt Nicki ein bisschen Brei auf die Fingerspitze und hält sie Weißohr vor das Schnäuzchen. Es klappt. Weißohr fängt mit ihrer winzigen Zunge an zu lecken. Samuel macht es Nicki nach und bald haben sie das Löffelchen Brei an die Kleinen verfüttert.

»Das langt für diesmal«, sagt Nicki zufrieden und räumt

die Flocken und die angebrochene Dosenmilch in den Werkzeugschrank. Das Schüsselchen mit dem Rest des Breis stellt sie Minka hin. Die hat ihre beiden Dosen aufgefressen und nimmt den Babybrei dankbar als Nachtisch an.

»Komm, wir müssen wieder los«, sagt Nicki und Samuel steht auf.

Die Suche nach einem Zuhause für die Kätzchen ist gar nicht so einfach. Sie haben schon an vielen Türen vergeblich geklingelt. So ist es auch diesmal. Manche Häuser kommen überhaupt nicht in Frage, weil ein Hund im Garten herumläuft oder weil am Zaun ein Schild angebracht ist, auf dem steht: Vorsicht, bissiger Hund. Oder: Hier wache ich. Mit einem Hundekopf darunter. Von den anderen haben drei Familien schon Katzen und an einer Tür werden sie von einem mürrischen alten Mann abgewiesen. »Katzen machen doch nur Dreck und Ärger.« Er ist noch nicht einmal bereit, seine Frau zu rufen. Und in zwei weiteren Häusern macht niemand auf.

Sie sind enttäuscht. Als sie dann wieder bei Minka sitzen und mit den Kleinen schmusen, sagt Nicki: »Ich habe ein Mädchen aus meiner Klasse gefragt. Sie will gern eine Katze, aber sie muss noch ihre Eltern um Erlaubnis bitten. Ehrlich gesagt, ich habe es mir leichter vorgestellt, Plätze für sie zu finden. Ich habe gedacht, jeder freut sich, wenn man ihm ein Kätzchen schenken will.«

Am nächsten Tag finden Samuel und Nicki zufällig einen Platz. Ganz zufällig. Sie sind zum Supermarkt gegangen, um Katzenfutter zu kaufen. Fünf Dosen haben sie in den Wagen gelegt, Thunfisch, Wild und Rindfleisch. Auf Vorrat, denn Minka hat heute erst eine Dose bekommen und das reicht ihr nicht. Und weil sie im Moment so viel Geld haben, haben sie noch eine Schachtel Leckerli dazugelegt. Ordinäre, billige, nicht die für die anspruchsvolle Katze.

Dann stehen sie an der Kasse und warten, bis die Kundin vor ihnen ihre Sachen auf das Band gelegt hat. Dabei unterhält sie sich mit der Kassiererin, offenbar einer guten Bekannten, jedenfalls duzen sie sich. Die Frau weint fast, als sie erzählt, dass ihre Katze gestorben ist. »Es war ja eine Erlösung für sie, so alt, wie sie war«, sagt sie. »Aber du kannst dir nicht vorstellen, wie schwer es mir fällt. Man hängt doch sehr an so einem Tier.«

Samuel und Nicki schauen sich an. Beide nicken gleichzeitig. Sie schieben ihren Wagen zur Seite, schlüpfen unter der Stange neben dem Drehkreuz hindurch und lehnen sich draußen an die Wand. Es dauert nicht lange und die Frau kommt heraus.

Nicki stellt sich ihr in den Weg. Die Frau bleibt stehen, setzt ihre volle Einkaufstasche ab und schaut Nicki erstaunt an. »Was willst du?«

Nicki zögert. Sie wirkt so unsicher, wie Samuel sie selten erlebt hat. »Entschuldigen Sie bitte«, sagt sie. »Wir haben vorhin an der Kasse zufällig gehört, dass Ihre Katze gestorben ist.«

Die Frau nickt und bekommt schon wieder feuchte Augen.

»Wir hätten ein Kätzchen abzugeben«, sagt Nicki.

Die Frau schüttelt den Kopf, bückt sich und nimmt ihre Einkaufstasche.

»Sie könnten sich sogar eins aussuchen«, sagt Nicki flehend. »Sie könnten wählen, ob Sie ein Kätzchen mit einem weißen Ohr wollen oder eins mit einer weißen Brust oder eins mit zwei weißen Pfoten.«

»Gar keins«, sagt die Frau. »Ich will keine Katze. Wenigstens vorläufig nicht. Ich trauere noch viel zu sehr um meine Lissi. Da kann ich doch nicht einfach eine neue Katze nehmen.« Sie geht an Nicki vorbei auf den Parkplatz zu. Nach ein paar Schritten dreht sie sich um: »Warum kümmern sich eure Eltern denn nicht um einen Platz für eure Kätzchen? Und warum habt ihre eure Katze nicht sterilisieren lassen? Das wäre viel vernünftiger gewesen.«

Nicki breitet hilflos die Arme aus und schaut der Frau nach, die vor einem silbernen Auto stehen bleibt.

So bedrückt sieht Nicki aus, dass Samuel seinen ganzen Mut zusammenrafft und der Frau hinterherläuft. Die hat inzwischen den Kofferraumdeckel aufgeklappt und stellt die Einkaufstasche hinein.

»Noch einen Augenblick, bitte«, sagt Samuel.

»Nein. Ich habe doch gesagt, dass ich nicht will.« Die Frau knallt den Kofferraumdeckel zu.

»Bitte«, sagt Samuel. »Unsere Kätzchen müssen sterben, wenn niemand sie will. Und dabei haben wir uns solche Mühe gegeben, ihnen das Leben zu retten.«

Inzwischen ist auch Nicki herübergekommen und bleibt neben Samuel stehen.

Die Frau hat schon die Fahrertür aufgemacht. Nun dreht sie sich noch einmal um. Samuel macht einen letzten, verzweifelten Versuch. »Das hätte Ihre Lissi doch bestimmt nicht gewollt, dass ein kleines Kätzchen sterben muss, nur weil Sie um sie trauern.«

Das Gesicht der Frau verzieht sich zu einem Lächeln, dann lacht sie laut. »Ein guter Witz«, sagt sie. »Meine Lissi konnte andere Katzen nicht ausstehen. Aber die Idee ist nicht schlecht, mein Kompliment.« Sie mustert Samuel prüfend. Er versucht, ihrem Blick standzuhalten, auch wenn es ihm sehr unangenehm ist, so angeschaut zu werden. Schließlich fragt sie: »Was hast du vorhin gemeint, als du gesagt hast, ihr hättet ihnen das Leben gerettet?«

Nicki legt Samuel warnend die Hand auf den Arm. Aber er lässt sich nicht mehr aufhalten, er setzt alles auf eine Karte. Auf die Wahrheit nämlich. Er erzählt die ganze Geschichte.

Da muss die Frau noch mehr lachen. »Ihr habt mich überzeugt«, sagt sie. »Ich nehme eins. Egal, was meine Lissi dazu gesagt hätte.« Sie fährt sich mit dem Ärmel über das Gesicht. Samuel weiß nicht, ob sie sich Schweiß abwischt oder vielleicht doch eine Träne. Dann schluckt sie und sagt: »Schließlich muss ich ja nicht alle anderen Katzen hassen, nur weil Lissi sie gehasst hat.«

Samuel zögert, er überlegt, was er sagen soll. Zu deutlich will er seine Freude nicht zeigen. Schließlich ist die Frau in Trauer, weil ihre Katze gerade gestorben ist.

Aber die Frau sieht auf einmal ganz anders aus. Gar nicht mehr so trauernd.

»Was sind es denn, Männchen oder Weibchen?«, fragt sie.

Nicki gibt widerstrebend zu, dass sie das nicht wissen.

»Na ja«, sagt die Frau, »das ist bei so jungen Katzen auch schwer zu erkennen. Ich werde sie mir mal anschauen und dann entscheiden, welche ich will. Wann kann ich denn kommen?«

Samuel sieht, wie Nicki erschrickt. Wahrscheinlich hört sie im Geist schon ihre Mutter fragen: Was hat denn diese fremde Frau gewollt, mit der du durch den Garten gegangen bist?

Auch die Frau scheint es zu verstehen. »Ach so, deine Mutter«, sagt sie. »Was machen wir da?«

Nickis Gesicht hellt sich auf. »Wir könnten sie Ihnen bringen. Wann passt es Ihnen?«

»Wenn ihr wollt, jetzt gleich«, antwortet die Frau. »Ich heiße Wadenspanner. Ihr braucht nicht zu lachen, ich weiß selbst, dass der Name komisch klingt. Und ich wohne in der Kastanienstraße 17, untere Klingel. Also bis gleich, ich erwarte euch!«

Sie steigt in ihr Auto und fährt weg.

»Los«, sagt Nicki. »Du musst deinen Ranzen holen. Falls meine Mutter uns sieht, denkt sie bestimmt, wir würden irgendetwas für die Schule machen.«

Zu Hause kippt Samuel seine Schulsachen einfach aufs Bett.

»Gut, dass es heute warm ist«, sagt Nicki. »Frieren werden sie nicht. Aber hast du nicht irgendetwas Weiches zum Auspolstern?«

Er hat etwas Weiches, seine Fellweste, die im obersten Schrankfach liegt, bei den Wintersachen. Nicki ist begeistert. »Das ist genau das Richtige!«, ruft sie.

»Psst!«, warnt Samuel. »Vielleicht ist Pauline ja zu Hause.« Aber sie scheint nicht da zu sein, niemand hält sie auf, als sie die Treppe hinuntergehen und die Haustür hinter sich zumachen.

Im Schuppen legen sie die Kleinen erst noch einmal an Minkas Zitzen. Nicht dass sie unterwegs Hunger bekommen. Dann setzen sie sie vorsichtig in den Ranzen, auf das Fell. So kann ihnen nichts passieren. Minka streicht unruhig um den Ranzen herum.

Sie schließen den Schuppen zu und machen sich auf den Weg. Samuel bewegt sich vorsichtig, versucht, weich aufzutreten, damit die Kätzchen auf seinem Rücken keine Angst bekommen.

Die Frau wohnt im Haus neben Jakob. Auch Nicki weiß das. »Du magst Jakob, nicht wahr?«, fragt sie.

Samuel nickt.

Die Frau hat sie wirklich erwartet, denn sie macht die Tür sofort auf, als sie klingeln, und führt sie in die Küche. Dort liegt schon ein Handtuch auf dem Tisch. Samuel stellt seinen Ranzen auf einen Stuhl und macht ihn auf. Vorsichtig heben sie die Kätzchen heraus und setzen sie auf das Handtuch.

Die Kleinen haben überhaupt keine Angst. Sie schauen sich neugierig um, und Weißbrust tapst sofort los, als wolle sie die neue Umgebung erkunden.

»Mein Gott, sind die niedlich«, sagt Frau Wadenspanner mit einer Stimme, die auf einmal ganz weich klingt, fast ehrfürchtig. »Ich hatte ganz vergessen, dass meine Lissi auch einmal so klein war.« Sie nimmt Weißbrust hoch und betrachtet prüfend ihren Bauch. »Ein Mädchen«, sagt sie. »Das da ist eine ganz Kesse, die möchte ich haben. Ich werde sie wieder Lissi nennen. Ihr könnt sie gleich an ihren Namen gewöhnen.«

Auch Weißpfote ist ein Mädchen, aber Weißohr nicht. »Ein Katerchen«, sagt Frau Wadenspanner. »Und ein besonders hübsches noch dazu.« Sie fährt mit dem Finger über die weiße Clownsmaske und das weiße linke Ohr. »Aber ich bleibe bei meiner Lissi. Schade, dass ich sie nicht gleich behalten kann. Sagt ihr mir ab und zu Bescheid, wie es ihr geht?«

Sie versprechen es und setzen die Kätzchen wieder in den Ranzen. Auf dem Rückweg sagt Nicki: »Ich war ja erst wütend auf dich, weil du ihr alles erzählt hast. Aber es war richtig, sonst hätte sie Lissi gar nicht genommen.«

Samuel denkt: Wie leicht ihr Weißbrusts neuer Name über die Lippen geht. Und weil er gerade eine gute Erfahrung mit der Wahrheit gemacht hat, sagt er: »Ich möchte gern, dass wir Jakob einweihen. Bitte. Es ist blöd, dass ich ihn dauernd anlügen muss, wenn er sich mit mir verabreden will. Und so viele Ausreden fallen mir nicht mehr ein.«

Zu seiner Verwunderung gibt Nicki diesmal sofort nach. »Aber er darf es niemandem weitererzählen«, verlangt sie.

Dann sind sie im Schuppen und legen die Kätzchen zu Minka, die sich sofort daranmacht, die Kleinen zu putzen, zu säugen und wieder zu putzen. Ihr hat die kurze Trennung offenbar mehr ausgemacht als ihren Kindern. Die haben den Ausflug gut überstanden.

»Denk schon mal über einen hübschen Jungennamen nach«, sagt Nicki, bevor sie gehen. »Gute Nacht, Prinzessin Weißpfote! Schlafen Sie gut, Prinz Weißohr! Angenehme Nachtruhe, Lissi Wadenspanner!«

Nicki begleitet Samuel noch zum Tor. Und dann schlägt sie plötzlich die Hand vor den Mund. »Oh, wir haben vor lauter Aufregung vergessen, das Futter für Minka einzukaufen.«

Samuel schaut auf seine Uhr. »Los, es reicht noch.«

Sie rennen zum Supermarkt und holen den verschobenen Einkauf nach. Nicki wird noch einmal zum Schuppen gehen, um Minka die zweite Hälfte ihrer Tagesration zu geben. Und als Entschädigung für das Warten eine Hand voll Leckerli.

Samuel macht sich auf den Heimweg.

Pauline erwartet ihn schon. »Verdammt, Sami, du bist spät dran! Warum hast du nicht angerufen?«

Samuel verzieht schuldbewusst das Gesicht. »Ich bin halt noch nicht an mein neues Handy gewöhnt.«

»Du hast es gar nicht mitgenommen«, sagt Pauline vorwurfsvoll. »Es liegt auf dem Küchentisch. Sonst hätte ich dich längst angerufen und dich gefragt, wo du steckst. Wo hast du eigentlich gesteckt? Und wieso läufst du mit deinem Ranzen rum?«

Samuel gibt ihr keine Antwort, sondern bringt seinen Ranzen nach oben und räumt ihn schnell wieder ein. Dann erst geht er hinunter zum Abendessen. Pauline sitzt schon am Tisch. Allein. Es gibt nur Brot.

»Wo ist Papa?«, fragt Samuel, während er sich eine Scheibe Brot schmiert und mit Salami belegt. »Noch nicht da oder schon wieder weg?«

»Schon wieder weg«, sagt Pauline.

Samuel wirft ihr einen Blick zu, sie verzieht das Gesicht und hebt die Schultern hoch. Seit Tagen verschwindet der Vater abends. Seit sie wissen, wo die Mutter ist.

»Hast du Mama gefragt, ob sie sich mit ihm trifft?«, fragt Pauline. »Du siehst sie doch jeden Mittag.«

Samuel nickt. »Sie hat gesagt, ich soll nicht so viel fragen. Es gibt Dinge, die gehen nur mich und Papa was an, hat sie gesagt.«

Pauline verzieht das Gesicht. »Es geht nur sie und Papa was an. Aber wir müssen es ausbaden.«

Samuel nickt. »Genau das habe ich auch gesagt.«

»Und was hat sie geantwortet?«

»Daran lässt sich leider nichts ändern.«

»Na ja«, sagt Pauline, »Hauptsache, sie reden miteinander.«

Kann ja sein, dass sie Recht hat, denkt Samuel, als er später an seinem Fenster steht und zu Frau Ehrlicher hinüberschaut. Miteinander reden ist sicher gut, aber noch besser wäre es, wenn Mama endlich wieder heimkommen würde. Sie kann doch nicht ewig auf Ingrids Sofa schlafen. Und sie kann auch nicht ewig nachdenken.

Er sieht Frau Ehrlicher an ihrem Küchenfenster vorbeigehen, aber sie schaut nicht zu ihm herüber. »Gute Nacht, Frau Ehrlicher«, sagt er. »Sie bekommen wahrscheinlich ein Katerchen. Und dazu noch ein besonders hübsches, hat Frau Wadenspanner gesagt. Mir gefällt die Vorstellung. Wenn ich es schon nicht haben darf ...«

Im Bett, mit geschlossenen Augen, sieht er Weißohr vor sich, wie er an Frau Ehrlichers Küchenfenster sitzt und zu ihm herüberwinkt.

15. Normales Familienchaos oder Manche Tage sind wie Wundertüten

Samuel hat sich die Rückkehr seiner Mutter schon in allen Einzelheiten ausgemalt. Seit zwei Wochen, seit er weiß, wo sie ist, und seit er sie und Ingrid Schober jeden Mittag nach der Schule besucht, hat er ihre Rückkehr geplant. Sie wird mir sagen, dass sie am nächsten Tag heimkommt, hat er gedacht. Vielleicht an einem Wochenende, damit wir uns viel Zeit lassen können zum Feiern. Ich werde natürlich Papa und Pauline Bescheid sagen und wir werden uns gleich an die Vorbereitungen machen. Wir werden aufräumen und das Haus mit den bunten Papiergirlanden schmücken, die wir sonst nur an Geburtstagen aufhängen. Papa wird gelbe Rosen kaufen, Mamas Lieblingsblumen, und sie in die große Glasvase im Wohnzimmer stellen. Pauline wird Chips und Erdnüsse besorgen und eine Flasche Sekt in den Kühlschrank stellen. Und ich werde ein großes Schild malen, HERZLICH WILLKOMMEN DAHEIM, und es an die Haustür hängen.

Und dann? Viel weiter hat er nicht gedacht. Auch Pauline nicht, mit der er darüber gesprochen hat. Denn schon bei der Planung des Abendessens kam es zu einem Streit darüber, ob sie bei Carlos Eltern Pizza holen oder einen Tisch reservieren sollten, um zur Feier des Tages essen zu gehen. Samuel war dafür, Pizza zu holen, Pauline wollte lieber im *Fontana di Trevi* essen. Vermutlich hoffte sie, Roberto zu sehen. Schließlich einigten sie sich darauf, die Entscheidung ihrer Mutter zu überlassen. Jedenfalls würden sie alle drei zur Begrüßung in den Flur rennen, sobald sich der Schlüssel im Schloss drehen würde, und *For she is a jolly good fellow* singen. Aber vielleicht würde die Mutter ja auch klingeln, um ihnen genug Zeit zu lassen, damit sie sich ordentlich aufstellen konnten.

Das alles hat sich Samuel überlegt und es immer wieder mit Pauline besprochen, aber dann kommt es ganz anders.

Es beginnt mit einer Katastrophe oder zumindest mit etwas, was die Mutter üblicherweise als Katastrophe bezeichnet hätte. Pauline nennt es »unser ganz normales Familienchaos«. Jedenfalls wacht Samuel mit dem unguten Gefühl auf, dass etwas nicht stimmt. Erst denkt er, er habe einen seltsamen Traum gehabt, doch dann schaut er auf die Uhr. Es ist kurz vor acht. Pauline hat verschlafen, sie hat ihn nicht geweckt. Er springt aus dem Bett, läuft zu ihrem Zimmer und schüttelt sie. »Fünf vor acht! Wir kommen zu spät!«

Pauline fährt hoch, reibt sich die Augen, schaut auf ihre Uhr. »Oh, verdammter Mist! Papa hat verschlafen, er hat mich nicht geweckt.« Mit einem Satz ist sie aus dem Bett. »Jetzt aber dalli! Beeil dich!«

Samuel rennt ins Badezimmer. Und da sieht er ihn sofort, ohne extra zum Haken hinzuschauen. Aber vielleicht hat er ja auch ganz automatisch hingeschaut. Jedenfalls hängt er einfach da, ihr roter Bademantel. Als wäre er nie weg gewesen. Samuel hält mitten in der Bewegung inne und wirft einen Blick zum Waschbecken hinüber. Im Zahnputzglas der Eltern sieht er zwei Zahnbürsten. Einen Moment lang steht er da, schaut vom Bademantel zu den Zahnbürsten und wieder zurück, und wundert sich, dass er nicht glücklicher ist. Jedenfalls nicht so glücklich, wie er es erwartet hätte. Vielleicht liegt es ja auch nur daran, dass er keine Zeit hat, weder zum Wundern noch zum Nachdenken und schon gar nicht zum Glücklichsein. Denn schon stürzen die Mutter und der Vater, von Pauline geweckt, aus dem Schlafzimmer.

Und dann geht es hektisch weiter. Pauline mault. Sie hat heute in den ersten beiden Stunden Englisch, die letzten Stunden vor der Klassenarbeit. Ausgerechnet.

»Ich fahr dich hin«, sagt der Vater schuldbewusst. »Dann kommst du wenigstens noch rechtzeitig zur zweiten Stunde.«

Für Fragen und Erklärungen bleibt keine Zeit, ebenso wenig wie für das Frühstück. Die Mutter steht in ihrem roten Bademantel, den sie über das Nachthemd angezogen hat, in der Küche und schmiert für jeden ein Käsebrot. Für sie ist es weniger schlimm, sie fängt erst um halb neun an. »Und wenn ich mal ein paar Minuten zu spät komme, ist das nicht so tragisch, ich rufe Ingrid gleich an.«

Pauline rennt mit dem Brot in der Hand zum Auto und der Vater kommt mit dem Telefon die Treppe herunter. »Ja, natürlich, bis halb zehn bin ich da.« Er legt das Telefon auf den Tisch und greift nach dem Brot, das ihm die Mutter hinhält. »Jetzt habe ich meinen Vertrag gerade mal eine Woche und schon komme ich zu spät«, sagt er. Zu Samuels Erstaunen scheint er das aber gar nicht so schlimm zu finden. Er lacht.

»Ohne mich habt ihr es besser hingekriegt«, sagt die Mutter. »Vielleicht sollte ich wieder zu Ingrid ziehen, was meinst du?«

»Untersteh dich«, sagt der Vater, gibt ihr einen Kuss und läuft zur Garage, die Pauline schon aufgemacht hat.

»Jetzt nur noch du«, sagt die Mutter. Sie drückt Samuel ein Käsebrot in die Hand und schiebt ihn aus der Haustür. »Sag Frau Herzberg, ich würde sie heute Nachmittag anrufen!«, ruft sie ihm nach.

Samuel beeilt sich nicht besonders, er isst in aller Ruhe

sein Brot auf. Und als er in der Kastanienstraße Frau Wadenspanner in ihrem Garten arbeiten sieht, bleibt er am Zaun stehen und erzählt ihr, dass Lissi inzwischen schon zweimal einen Teelöffel voll Tartar bekommen hat. Hundert Gramm haben sie gekauft und jedem der Kleinen einen Teelöffel voll gefüttert. Der Rest war für Minka.

»Sehr schön«, sagt Frau Wadenspanner zufrieden. »Und dann fragt sie, ob sie eigentlich Futtergeld brauchen.

Samuel schüttelt den Kopf. »Nein danke, das schaffen wir schon allein.« Und dann fällt ihm etwas ein. »Können wir heute Nachmittag vielleicht mal vorbeikommen?«

»Klar«, sagt Frau Wadenspanner. »Wann immer ihr wollt, ich bin zu Hause.«

Beim Weitergehen denkt Samuel: Natürlich schaffen wir das allein, Nicki und ich. Und jetzt erst recht, jetzt sind wir ja zu dritt.

Er lächelt, als er an die beiden Bilder denkt, die Jakob gemalt hat. Eines von Lissi, für Frau Wadenspanner, und eines von Weißohr, für Frau Ehrlicher. Nicki wollte die Kleinen fotografieren, aber Jakob hat gesagt: »Fotografieren kann jeder Idiot, das ist doch langweilig.« Und dann hat er seine Farben geholt. Die Bilder sind sehr schön geworden, natürlich sind sie das. Jakob ist ein großartiger Katzenmaler. Samuel freut sich schon auf die Gesichter der beiden Frauen.

Inzwischen ist er an der Schule angekommen. Seltsam, dass ich keine Angst habe, denkt er, als er an die Tür des Klassenzimmers klopft und nach der Klinke greift. Früher, in der alten Schule, hatte er immer Angst, wenn er zu spät kam.

»Na, Samuel, verschlafen?«, fragt Frau Herzberg.

Samuel nickt und sagt so leise, dass es höchstens die in der ersten Reihe verstehen können: »Meine Mutter will Sie heute Nachmittag anrufen.«

Sie nickt. »In Ordnung. Und jetzt schnell auf deinen Platz!«

Samuel grinst Jakob an, als er sich hinsetzt, und Jakob grinst zurück. Er holt etwas unter seiner Bank hervor und schiebt die Hand nach links über den Tisch. Dann hebt er sie hoch und vor Samuel liegt eine große Wespe. Eine sehr große Wespe. Samuel bedeckt sie schnell mit der Hand, schaut zur Seite und flüstert begeistert: »Eine Königin!«

»Ich weiß.« Auch Jakob flüstert, aber nicht so leise, dass man den Stolz in seiner Stimme nicht hören würde. »Aus unserem Garten, wir haben ein Nest. Wahrscheinlich war sie zu alt und ihr Volk hat sie rausgeschmissen.« Er flüstert auch nicht leise genug für Frau Herzberg.

»Samuel und Jakob«, sagt sie. »Könnt ihr bitte eure Unterhaltung auf die Pause verschieben?«

Aber sie sieht nicht böse aus, sie zeigt ihre Grübchen, bevor sie die nächste Rechenaufgabe an die Tafel schreibt.

Samuel lässt sich Zeit. Er wickelt die Wespenkönigin in ein Papiertaschentuch und verstaut das Päckchen in seiner Brotdose. Die ist sowieso leer, denn natürlich hat er im morgendlichen Chaos keine Zeit gehabt, sich ein Pausenbrot zu machen. Das ist ihm in den letzten Wochen übrigens oft passiert, und Jakob hat sich schon angewöhnt, zu Beginn der Pause zu fragen, ob er die Hälfte von seinem abhaben wolle.

Ansonsten hat der Haushalt ziemlich gut geklappt. Alle haben sich daran gewöhnt, etwas zu tun, damit es funktioniert. Sogar der Vater. Das hat Samuel gestern Abend auch zu Anna gesagt, als sie angerufen hat. »Vielleicht ist Mama nur deshalb weggegangen, damit wir das lernen«, hat er gesagt.

»Kann sein«, hat Anna gesagt. »Vielleicht wollte sie sich auch selbst beweisen, dass es geht. Ich stelle mir vor, dass solch eine Entscheidung auch für sie nicht ganz einfach ist. Meinst du nicht?«

»Entscheidungen sind nie ganz einfach«, hat Samuel geantwortet. »Entweder sie sind schwierig oder es sind gar keine.«

»Ach, mein kleiner Schlaumeier«, hat Anna gesagt.

Pauline hätte Klugscheißer gesagt, denkt Samuel jetzt, während er nur mit halbem Ohr zuhört, was Frau Herzberg an der Tafel erzählt. Es fällt ihm heute schwer, sich zu konzentrieren.

Zum Mittagessen gibt es nur Gefrierpizza. »Geht nicht anders«, sagt die Mutter. »Ich habe keine Zeit, richtig zu kochen, ich muss zum Unterricht.«

»Es ist alles nur eine Frage der Organisation«, sagt Samuel und grinst Pauline an, die gerade den Tisch deckt. »Bei Hilka zu Hause wird zum Beispiel immer erst abends warm gegessen.«

»Klugscheißer«, sagt Pauline. Und dann schlägt sie vor, sie sollten abends einfach öfter mal essen gehen. Zum Beispiel ins *Fontana di Trevi*.

Später sitzen sie zu dritt bei Frau Ehrlicher, Nicki, Jakob und Samuel. Sie hat das Bild auf dem Tisch liegen und betrachtet es gerührt. »Er sieht so frech aus«, sagt sie. »Frech wie Oskar. Ich werde ihn Oskar nennen.«

Als sie sich verabschieden, fragt sie: »Wann kommst du denn mal, um dir das Buch anzuschauen, Samuel?«

Mama kommt erst um sieben, denkt Samuel. Papa wird sicher länger arbeiten, weil er heute Morgen später angefangen hat, und Pauline ist bestimmt bei Hilka. »Heute gegen Abend?«, fragt er. Sie nickt.

Nicki, Jakob und Samuel stehen schon an der Tür, da hält Frau Ehrlicher sie noch einmal zurück. »Habt ihr schon einen Platz für das dritte Kätzchen?«

»Nein«, sagt Nicki mit unglücklichem Gesicht. »Die Leute wollen einfach keine Katzen. Und wer eine wollen würde, hat schon eine.«

»Na ja«, sagt Frau Ehrlicher, »wenn ihr niemanden findet, nehme ich eben zwei. Mein Haus ist groß genug, habe ich mir überlegt, und …«

Sie kommt nicht weiter. Nicki fällt ihr um den Hals und küsst sie auf beide Wangen und drückt sie und küsst sie wieder. Als sie Frau Ehrlicher loslässt, sind beide etwas verlegen.

»So große Sorgen hast du dir gemacht?«, fragt Frau Ehrlicher. Und als Nicki den Kopf senkt, fährt sie ihr durch die Haare und sagt: »Im Notfall hättet ihr sie auch ins Tierheim bringen können.«

Auf dem Weg zu Frau Wadenspanner fragen sich Nicki und Samuel, warum sie auf die Idee mit dem Tierheim nicht selbst gekommen sind. Als Notlösung wäre es doch in Frage gekommen. Aber jetzt brauchen sie keine Notlösung mehr. Frau Ehrlicher ist besser als jede Notlösung, sie ist die beste Lösung. Die allerbeste.

Frau Wadenspanner ist überrascht, Jakob zu sehen. »Du gehörst also auch dazu?«, fragt sie. Aber sie freut sich über das Bild. Und wie. Lissi sitzt auf einem Tisch, zwischen einer Milchflasche und einem Strauß Sonnenblumen. »Stillleben nennt man so etwas«, hat Jakob gesagt. Frau Wadenspanner nimmt sofort ein Foto mit einer Berglandschaft aus einem

Wechselrahmen, legt das Bild von Lissi II hinein und hängt es über ihren Küchentisch. Damit sie es immer sehen kann.

»Zeigst du mir deine anderen Bilder auch?«, fragt Nicki, als sie vor dem Haus stehen. »Ich meine, wenn wir jetzt schon mal hier sind …«

Jakob nickt, und Samuel weiß, wie sehr er sich jetzt freut. »Bis morgen«, sagt er, »ich gehe zu Frau Ehrlicher.«

Sie macht den Bücherschrank auf, sucht ein bisschen und holt dann ein Buch heraus. Zärtlich trägt sie es zum Küchentisch und legt es so vorsichtig hin, als wäre es aus Glas. »Hier, das war sein Lieblingsbuch.« Als Samuel es aufschlagen will, sagt sie: »Wasch dir erst die Hände. Es ist sehr alt und sehr kostbar.«

Samuel tut, was sie ihm gesagt hat. Er nimmt sogar das Bürstchen und bürstet seine Finger mit Seife, bevor er die Hände gründlich abtrocknet.

Das Buch ist wirklich sehr alt, das Papier ist angegilbt und an den Ecken brüchig. Und es ist in einer Schrift gedruckt, die Samuel nicht lesen kann. Aber die Bilder sind wunderbar. Schmetterlinge, Bienen, Ameisen und Käfer zwischen Gräsern, auf Moos und auf Blumen. Andächtig fährt Samuel mit den Fingern über die Bilder. »Ich kann es nicht lesen«, sagt er bedauernd.

»Später wirst du es können, nur noch ein paar Jahre. Und dann leihe ich es dir.«

»Aber ich darf es manchmal betrachten, wenn ich mir vorher die Hände wasche?«

»So oft du willst«, verspricht Frau Ehrlicher.

»Und darf ich die Katzen besuchen?«

»Auch so oft du willst.«

»Und wenn ich in unseren Garten ein Schüsselchen mit Leckerli stelle?«, fragt Samuel zögernd. Wer weiß, ob sie ihre Katzen nicht für sich allein behalten will.

»Ich mache ihnen eine Klappe in die Haustür, dann können sie dich im Garten besuchen.« Frau Ehrlicher fährt ihm durch die Haare. »Mach dir keine Sorgen, es wird schon alles gut werden.«

Er fragt nicht, was sie meint. Am liebsten würde er ihr jetzt um den Hals fallen, wie Nicki es vorhin getan hat. Aber das tut er nicht. Dafür ist er doch zu zögerlich.

Samuel geht nach Hause. Er sieht, dass der Himmel hinter dem Kirchturm schon die Farbe von Himbeermilch bekommt. Bald wird es dunkel. Wie viel heute passiert ist, denkt er, als er den Schlüssel aus der Hosentasche nimmt und die Haustür aufschließt. Wer hat das gesagt mit den Wundertüten? Pauline, und es stimmt: Manche Tage sind wie Wundertüten.

Mirjam Pressler

Wenn das Glück kommt, muss man ihm einen Stuhl hinstellen

Roman. Gebunden, 200 Seiten (79862)

Deutscher Jugendliteraturpreis, Carl-Zuckmayer-Medaille für das Gesamtwerk von Mirjam Pressler

Das Glück kam bisher nur selten zu Halinka. Halinka ist zwölf und lebt seit Jahren im Heim. Was vor dieser Zeit war, erzählt sie nicht. Halinka hat keine Freundin und will auch keine. Am liebsten ist sie allein in ihrem wunderbaren Versteck auf dem Speicher. Dort schreibt sie all die Sprüche und Sätze auf, die ihr durch den Kopf gehen. Dann hat Fräulein Urban, die Heimleiterin, die verrückte Idee, alle Mädchen für das Müttergenesungswerk sammeln zu lassen. Halinka möchte unbedingt Sammelkönigin werden. Vielleicht kann sie dann wieder ihre geliebte Tante Lou besuchen. Halinka weiß – wenn das Glück kommt, muss man ihm einen Stuhl hinstellen. Und darauf wartet sie.

»Mirjam Pressler hat ein Buch geschrieben, das die Wahrheit nicht verschweigt und Hoffnung dennoch möglich macht.« *Südwestfunk*

»Ein in seiner Feinfühligkeit und Innigkeit, in seinem Humor, gerade in seiner fehlenden Moral zutiefst menschliches Buch für junge Menschen, die ja alle immer ein wenig allein sind.« *Aargauer Tagblatt*

E.D.Baker
Esmeralda, Froschprinzessin
Roman. Aus dem Englischen von Susanne Härtel
Gebunden, 232 Seiten (79883)

Esmeralda ist nicht gerade eine Bilderbuchprinzessin. Mit der königlichen Etikette steht sie ziemlich auf Kriegsfuß. Sie ist ein wenig trampelig und sie hasst Prinz Jorge, mit dem die Mutter sie verheiraten will. In ihrer Verzweiflung flüchtet sie an den Sumpf und trifft dort auf einen Frosch. Der behauptet, ein verzauberter Prinz zu sein und überredet Esmeralda zu dem erlösenden Kuss. Doch – o Schreck! –, daraufhin wird Esmeralda in einen Frosch verwandelt!
Damit beginnt ein zauberhafter Abenteuerroman, in dem Esmeralda nicht nur Freunde und die Liebe, sondern vor allem auch das Vertrauen in sich selbst findet.

»Witzige Dialoge, originelle Wendungen und das typisch britische Understatement sowohl in Erzähl- als auch in Dialogtexten machen dieses Buch zu einem wahren Kichervergnügen. Sehr kurzweilig und leicht verdaulich.« *kjl-online*

»Eine von Situationskomik und spritzigen Dialogen beherrschte Märchenadaption.« *Bulletin Jugend & Literatur*